新 潮 文 庫

ジム・スマイリーの跳び蛙

—マーク・トウェイン傑作選—

マーク・トウェイン
柴 田 元 幸 訳

新 潮 社 版

9859

目次

ジム・スマイリーの跳《と》び蛙《がえる》

——マーク・トウェイン傑作選

石化人間

しばらく前に、石化した男性がグラヴリー・フォードの南の山中で見つかった。石になったミイラは四肢も目鼻も完璧《かんぺき》に残っていて、生前は明らかに義足だったと思われる左脚すら例外ではなかった。ちなみにその生前とは、故人を詳しく調べた学者の意見では一世紀近く前に終わったとのことである。その体は椅子《いす》に座った姿勢で、露出した地層に寄りかかり、物思いにふけるような風情《ふぜい》、右手の親指を鼻の側面に当てている。左の親指はあごを軽く支え、人差指は左の目頭を押して、目を半ば開けている。右目は閉じていて、右手の指残り四本は大きく広げられている。この奇妙な自然の変種は近隣で大いに話題となり、情報筋によればハンボルト・シティの判事スーエルだかソーエルだかが要請を受けてただちに現場へ赴き、死因審問を行なった。陪審の評決は「死因は長時間の放置だと思われる」云々《うんぬん》というものであった。近所の人々がこの気の毒な人物の埋葬を買って出、実際やる気満々の様子であったが、遺体を動かそうとしたところ、頭上の岩から長年にわたり水が垂れていて、それが背中を伝って流れ、体の下に石灰の沈澱物《ちんでんぶつ》が蓄積されて、これが糊《のり》として機能し、椅子の役を果たしている岩に体が堅固無比に接着されており、慈悲深い市民たちは火薬を用いて故人をこの位置から引き剝《は》がそうとしたがS判事はこれを禁じた。そのような手段は冒瀆《ぼうとく》に等しいという判事の意見は誠に正当にして適切と言えよう。誰もが石男を見にくる。過去五、六週間のあいだに三百人ほどがこの硬化した人物の許《もと》を訪れた。

（一八六二年十月四日）

風邪を治すには

大衆を愉《たの》しませるために書くのも善いことだろうが、大衆が学び、教訓を得、現実に、目に見える形で恩恵を被《こうむ》るよう書く方がはるかに貴く気高い行ないであろう。

この記事の目的も、もっぱら後者にほかならない。

もしこの記事が、わが人類の同胞のうちただ一人でも、苦しむ者の健康を回復させ、光が失《う》せたその目に希望と悦《よろこ》びの炎をいま一度燃え立たせ、その死せる心に、かつての日々の生気あふれる、快闊《かいかつ》なる息吹《いぶき》を蘇《よみがえ》らせられるならば、私の苦労も十二分に報われたことになろうし、無私の善行を為《な》したキリスト教徒が感じる聖なる悦びにわが心は満たされるであろう。

潔白にして咎《とが》めなき人生を送ってきた私であるから、私を知る人間の誰一人、これから述べんとしている提案を、こいつはだまそうとしてるんじゃないか、などと退けたりはしまい——そう信じても許されるであろう。

読者諸兄も、ここはひとつ、風邪の治療をめぐる私の体験談を一読され、願わくは、わが先例に倣《なら》っていただければと思う。

ヴァージニアの、ホワイトハウスなるわが下宿屋が火事で焼け、私は家と、幸福と、健康と、トランクを失った。

最初の二つの喪失に関しては、さしたる問題ではない。まず家というものは、母親だの姉妹《あねいもうと》だの、あるいは遠縁の女の親戚《しんせき》だのがいて、汚れたリンネルを片付けてもらったり炉棚から君のブーツを下ろしてもらったりして、君のことを考え君を大切に思っている人間がいるのだということをしみじみ味わうなんてことを君がとりわけ求めたりせず、ただ家というだけでいいならば、簡単に手に入るものである。

それに私は、幸福を失ったこともまったく気にならなかった。詩人ではないので、憂鬱《ゆううつ》が長いあいだわが胸にとどまることなどあり得ないからである。

けれども、上等の健康を失ったこと、そしてもっと上等のトランクを失ったことは、大きな不運だったと言わねばならない。

トランクには、君も記憶のとおり、グールド・アンド・カリー鉱山の株券が入っていた。でもまあこれは上手《うま》くすれば取り戻せるかもしれない。今回当地へやって来たひとつの目的も、会社をせっついて株券を再発行してもらうことなのだ。

火事のあった当日、私の健康は、何かせねばと思って尽力した、その無理がたたって生じた重度の風邪に屈することとなった。

しかも私の苦しみは、まったくの無駄に終わった。というのも、火事を消すために私が考えた対策は、おそろしく手の込んだものであり、翌週なかばになるまで完了しなかったからである。

私のくしゃみがはじまった当初、一人の友人が、足湯をして寝床に入るとよいと忠告してくれた。

私はそのとおりにした。

その後まもなく、別の友人が、寝床から出て冷水シャワーを浴びるとよいとアドバイスしてくれた。

今度もそのとおりにした。

一時間と経《た》たぬうちに、別の友人が、「風邪を肥えさせ熱を飢えさせる」のが得策だと請けあった。

私は風邪をひいていて、熱もあった。

そこでまずは風邪のためにわが腹を満たし、それから、しばらく行方をくらまして熱を飢えさせるのがよかろうと考えた。

こういう場合、私は何事も中途半端《はんぱ》にはやらない。ずいぶんとしっかり食べた。その朝に食堂を開いたばかりの、よそ者の男の顧客に私はなった。男は恭《うやうや》しく無言で、私が風邪にしっかり栄養を与え終えるまでそばで給仕してくれたが、やがて、ヴァージニアの方々ってのはやたら風邪をひかれるんですかねと訊《たず》ねた。

そう思う、と私は答えた。

すると男は表に出て、店の看板を引っ込めてしまった。

鉱山会社の営業所めざして道を下っていくと、途中でまた別の親友に出くわし、風邪を治すには一リットルの塩水を温めて飲むのが一番だと言われた。

そんな量を体内に入れる余地があるとは思えなかったが、とにかくやってみた。結果は驚くべきものだった。私は四十五分にわたって吐いていたにちがいない。不滅の魂まで吐き出してしまったと思う。

こうして己の経験を綴《つづ》るのも、あくまで、ここで話題にしている病に苦しんでいる方々の益となるのを願ってのことであるからして、私に効かなかった方法については、これに従うべからずと警告したとしても正当と見ていただけるであろう。この確信に基づいて、温かい塩水はやめた方がいい、とここで提言しておきたい。

悪い療法ではないのかもしれないが、とにかく荒っぽすぎる。今後もし頭にふたたび風邪を抱え込んで、地震を取るか、一リットルの温かい塩水を取るかしか道がなかったとしたら、私は喜んで地震に運を委《ゆだ》ねようと思う。

わが胃袋の中で荒れ狂っていた嵐《あらし》がようやく鎮《しず》まり、善きサマリア人にもそれ以上出くわさなくなると、私はふたたびハンカチを借りまくって、わが風邪の初期段階の習慣に戻り、さんざん鼻をかんでハンカチをボロボロにした。やがて、大草原の向こう側からやって来たばかりという御婦人に出会い、聞けば彼女が住んでいた地方では医者もろくにおらず、彼女も必要に迫られて、「ひととおりの厄介」を治す技を身につけたという。

この人はきっと経験豊富であろうと私は踏んだ。何しろ一五〇歳に見えたのである。糖蜜《とうみつ》と、硝酸と、テレピン油、その他さまざまな薬品から成る混ぜ物を婦人は作ってくれて、ワイングラス一杯分を十五分ごとに飲むよう私に命じた。

私はこれを一度しか飲まなかった。一度で十分であった。それは私の道徳心いっさいを奪い、私の裡《うち》にひそむ卑劣な衝動をすべて目覚めさせた。

その悪《あ》しき影響の下《もと》、私の脳は、驚異と呼ぶべき卑劣なる行為を数々考案したが、幸い両手はそれを実行するにはあまりに弱っていた。もしこの時点で、効き目間違いなしと謳《うた》われたもろもろの療法に活力をすっかり奪われていなかったなら、墓を暴《あば》くことさえ私は辞さなかったであろう。

人間たいていそういうものだが、私もまた、しばしば意地悪な気分に陥り、その気分に導かれて行動するが、その薬を飲むまで、これほど超人的に堕落し、かつそれを誇りに思ったことはなかった。

二日間が終わってみると、私はふたたび治療に取り組もうという気になっていた。効き目間違いなしという療法をまたいくつか試してみた末に、やっと、風邪を頭から肺に移すことに成功した。

ひっきりなしに咳込《せきこ》み、声はゼロ以下に落ちた。いつものトーンの二オクターブ下の、雷のごとき低音で私は会話した。通常の夜ごとの安らぎを達成するにも、まずはさんざん咳込んで己を疲労困憊《ひろうこんぱい》の状態に追い込まねばならず、眠ったら眠ったで今度は寝言を言い出し、耳障《みみざわ》りな自分の声にふたたび叩《たた》き起こされた。

日一日、症状はますます深刻になっていった。

何も混ぜないジンを勧められ、私はそれを飲んだ。

糖蜜を混ぜたジンを勧められ、それも飲んだ。

それから玉ねぎを混ぜたジンを勧められ、玉ねぎも加えて三種類とも飲んだ。

けれども、ハゲタカのような口臭を得た以外、何ら目立った変化は見られなかった。

これはもう、転地しかないと決めた。

新聞記者仲間のアデア・ウィルソンとともにビグラー湖に出かけた。相当に豪勢な旅ができたことは、いまふり返っても嬉《うれ》しく思う。私たちはパイオニア号の客車を取り、わが友人は、上等な絹のハンカチ二枚と祖母の銀板写真から成る荷物を携えて乗車した。

私は例によってジンと玉ねぎを持っていった。

私たちが泊まったレイク・ハウスなる宿には、ヴァージニア、サンフランシスコ、サクラメントから大勢客が来ていて、私たちはしばしきわめて健康な時間を過ごした。皆で一日中ボートに乗り、狩りに興じ、ダンスに明け暮れたのち、私は一晩じゅう咳の治療に取り組んだ。

こうした努力のおかげで、二十四時間ずっと、一時間ごとに快方に向かっていくように思えた。

だが病はますます悪化していった。

シーツ水浴なるものが勧められた。それまでひとつの治療法も拒んでいなかったから、ここで拒むのも業腹《ごうはら》である。ゆえにこれも試してみることに決めたのだが、それがいかなるものなのか、私にはまったくわかっていなかった。

治療は真夜中に行なわれ、外は凍《い》てつく寒さであった。胸と背中をむき出しにされ、全長千メートルはあろうかという、氷水に浸したシーツで体をぐるぐる巻きにされ、私は大砲の掃除具かと見まがう姿となった。

これは苛酷《かこく》な療法である。冷たい布が温かい体に触れたとたん、人はハッと飛び上がり、断末魔のごとくに喘《あえ》ぐ。私は骨の髄まで凍りつき、心臓の鼓動も停止した。

もはや万事休す、と観念した。

これって洗礼を受けたある黒人の話を思い出しますよ、と若きウィルソンは言った。何でもこの黒人、洗礼の最中に、押さえつける牧師の腕を逃れて、危うく溺《おぼ》れ死ぬところだったという。水の中でバシャバシャもがいて、やっと水面の上に飛び出たときには窒息寸前、烈火のごとく怒っていて、鯨のように水を噴き上げながら陸に上がっていき、ひどく刺々《とげとげ》しい口調で、「こんな馬鹿《ばか》やってたらいつかどこかの旦那《だんな》のニガーが死んじまうだ！」と言ったという。

この間抜けで無意味なエピソードを語り終えると、何だかひどく気の利《き》いたことでもやってのけた気でいるがごとく、さも愉快げに若きウィルソンは笑い出した。といって、年じゅう侮辱を浴びせられて大人しく黙っている私ではない。その晩、さんざん咳込んで、この同宿人を夜明け前に寝床から追い出した。

シーツ水浴をやってはいけない――決して。女性の知りあいに会って、彼女のみが知る理由ゆえ、君の方に彼女が目を向けても君のことが目に入らず入ったとしても誰だかわからぬふりをすることに次いで、シーツ水浴は世界で二番目に不快な体験である。

なんていう喩《たと》えが思い浮かぶのも妙な話である。そうした状況を、今日はまだ十回も考えていないのだから。かつてはあれほど美しく、優しく、典雅で、思いやり深い、云々《うんぬん》の女性もいないと思っていたものだが。

だがすべて間違いだったらしい。

現実には、彼女は蟹《かに》のごとく醜い。その顔には表情というものがなく、帽子屋のマネキンを思わせる。入れ歯をしていることは知っているし、目も片方は義眼だと思う。フランス語みたいのを喋《しゃべ》ったってだまされやしない。あれはチェロキー語だ。チェロキー族と暮らしたことのある私が言うんだから間違いない。あのキリスト教徒らしからぬ無茶苦茶な喋りで、すでにフランス人男性二、三人を自殺寸前まで追い込んだ。それにあの肌の色——白人であんなに黒いのもほかにいない。ほとんどチェロキーそのものである。あのおぞましい、砂糖を盛ったみたいな白い帽子をかぶると、黒さはいっそうきわ立つ。あの帽子をかぶると、まるで新しい納屋《なや》に入れられた栗毛《くりげ》の仔牛《こうし》だ。私はあの女を軽蔑《けいべつ》する。もう二度と口をきくまい。少なくとも向こうから声をかけてこないかぎり。

だがとにかく、シーツ水浴でも咳が治まらないと、ある女性の友人から、胸にカラシを塗るとよいと勧められた。

あれでもし、若きウィルソンがいなかったら、しかるべく治っていたのではないかと思う。

寝床に入るときに、カラシを塗った膏薬《こうやく》――一辺三十センチの見事な代物《しろもの》である――を、いつでも使えるよう私は枕元《まくらもと》に置いておいた。

ところが、ウィルソン青年が夜中に腹を空《す》かし、そいつを平らげてしまったのである。

あんなに食欲旺盛《おうせい》な人間は見たことがない。あれでもし、私が健康だったら、きっとあの狂人、私まで食べていただろう。

ビグラー湖畔に一週間滞在したのち、私はスチームボート・スプリングズに向かい、スチームバスに入ったのに加えて、これ以上不味《まず》い薬はないというくらい不味い薬をどっさり飲んだ。これで普通なら治まったところだろうが、あいにくもうヴァージニアに戻らねばならなかった。そしてヴァージニアで、毎日さまざまな新しい療法を行なったにもかかわらず、不摂生と外気の当たりすぎがたたって、病気はまた悪くなっていった。

結局サンフランシスコに行くことにして、街に着いた一日目、リックハウスなる宿のおかみから、二十四時間ごとにウィスキーを一リットル飲むよう言われ、オクシデンタル・ホテルで会った友人にもまったく同じ処置を勧められた。

それぞれが一リットル飲めと言ったわけだから、合計二リットル。

これでもう、治るか、飲み過ぎで死ぬか、どちらかしかないと思う。

かくして私は、この上ない善意とともに、最近自分が経てきた治療の紆余曲折《うよきょくせつ》を、肺を病む方々にご検討いただくべく差し出したいと思う。ぜひ試してみてほしい。たとえ治らなくたって、せいぜい死ぬだけなのだから。

（一八六三年九月二十日）

スミス対ジョーンズ事件の証拠

――報告：マーク・トウェイン

以下の裁判報告は、筆者が先週の暇な日に慰み半分に書いたものであり、いっさい発表する気はなかったのであるが、一連の日刊紙上で、事件があまりに歪《ゆが》められ、誤解されているのを目にし、ここはひとつ自分が表に出て、原告と被告の正しい姿を世に示すべくできる限りのことをするのが務めと心得た次第である。そのためには、警察裁判所においてシェパード判事の前で宣誓を行なった上でなされた目撃者たちの証言をそのまま、何ら装飾を施さずに提示し、あとは読者諸兄が、筆者の主張や示唆《しさ》に何ら惑わされることなく、自らご判断いただくのが最善だと思う。

正義をめぐる繊細な感覚と、善悪を見分ける判断力を庶民の方々は有しておられるから、私がこれから綴《つづ》る証言を丹念に読んでいただけば、この驚くべき〈スミス対ジョーンズ事件〉に関し迷わず結論を下されるであろう。この記事を載せた新聞が印刷機を出てから二十四時間と経《た》たぬうちに、人民という名の、その判決には上訴もありえぬ最高裁は、非難や疑念の汚《けが》れをすべて罪なき者から拭《ぬぐ》い去り、罪ある者には不朽の汚名を着せていることだろう。

警察裁判所にあまり足を運ばれたことのない方のために、そこが何ら魅力的な要素のない場であることをお伝えしておこう。ふかふかの絨毯《じゅうたん》も、鏡も、絵画も、ゆったり座れる優雅なソファや肱掛《ひじか》け椅子《いす》も、無料の昼食もそこにはない。実際、一度行った者にもう一度行きたいと思わせるものは何もない。例外があるとすれば、見込まれる罰金より保釈金の方が高い場合であり、こうした際は足も自然とそちらへ向いて、その差額を取り戻そうとするものである。

法廷の奥には壇があって、ハンサムな銀髪の裁判官がそこに、利害関係なき見物人には愛想好《よ》く公正無私に見えることを――そして被告席に立つ被告人には極度の偏見と冷淡さの持ち主に見えることを――任として座っている。

壇の左には新聞記者たちのための長い机があり、壇の前には事務官が陣取り、部屋の中央には弁護士たちが群れを成している。ふたたび左を見れば、手すりの向こうには松材の長椅子がいくつか並び、むさくるしい白人、黒人、中国人、カナカ人（南洋諸島先住民）、要するに世界中から集まったむさくるしい連中見捨てられた連中が並んでいる。隅には仕切り席がひとつあって、必要とあらばその手の連中がもっと調達可能である。

右側にもやはり松材の長椅子がいくつかあって、こちらは被告人、その友人、証人などが使う。

灰色の制服を着て胸に星をひとつ着けた役人が一人、出入口を見張っている。

聖なる静寂が場を覆《おお》っている。

スミス対ジョーンズ事件の裁判開廷が宣言され、両者それぞれがむさくるしい連中の中から歩み出て、事件全体がどのように起きたか、個別的かつ付随的な陳述を行ない、着席した。

二つの供述は、たがいに異なっていた。

実際筆者は、この二人はまったく別個の二つの出来事の話をしているのだと思い込みかけたほどであった。何しろ、一方が口にした状況のどれひとつ、もう一方はわずかにほのめかしすらしなかったのである。

次にアルフレッド・サワビー氏が証人台に呼ばれ、以下のように証言を行なった。

「あっしはそのとき酒場におりまして、このスミスってえ奴《やつ》が出し抜けに、何も喋《しゃべ》ってなかったジョーンズのとこに寄っていきまして、その団子をガツンと――」

弁護士：「何を、ですと？」

証人：「団子をゴンとやりまして」

弁護士：「いったいどういう意味です、その言葉遣いは？　その時点で黙っていた被告に原告が突然近付いて、『団子をゴンとやった』というのは、つまり原告が被告を殴ったという意味ですか？」

証人：「へえ、そのとおりで――誓って申し上げます――おっしゃるとおりです弁護士先生、そういうことだったんです。たとえばです、先生がジョーンズで、あっしがスミスだったとします。で、あっしが出し抜けに飛んでって先生に申し上げるわけです、『このクズ野郎、腐っちまいやがれ――』」〔傍聴席から忍び笑い〕

裁判長：「静粛に！ 証人はこの事件に関する事実を簡潔に述べることに専念し、比喩《ひゆ》や寓意《ぐうい》などの装飾は極力控えてください」

証人：（だいぶシュンとなって）「どうも失礼いたしました。こんなに派手にやるつもりじゃなかったんですが。で、スミスが出し抜けにジョーンズに寄っていきまして、その饅頭《まんじゅう》を――」

弁護士：「よしたまえ！ いいですか、そういう言葉遣いではいかんのですよ。簡単な質問をしますから、単純に『はい』か『いいえ』で答えてください。原告は――被告を――殴ったのですか？」

証人：「そりゃもうお天道《てんと》さまにかけて誓いますとも。いやほんとに！ なんせこの、ぺちゃっとあぐらかいてる――」

弁護士：「反対尋問をどうぞ！　反対尋問を！　反対尋問を！　もう用はありません」
相手側の弁護士も、これ以上サワビー氏の協力は仰がず事を進めますと述べ、証人はそばの長椅子に下がった。
次にマクウィリアムソン氏が呼ばれ、以下のとおり証言した。
「私はスミス氏のすぐそば、ここからそこの壇くらいの距離に立って、ラガービールの給仕娘の一人を冷やかしておりました。ソフローニアという名前の娘で、ドイツのどこかの出だと本人は言っておるのですが、そいつはどうもいささか――」
弁護士：「ラガービールの給仕娘の出生地はいいですから、なるべく簡潔に、この暴行に関して知るところをお話しください」
証人：「はいはい、承知しました。それでですね、ドイツ人かドイツ人じゃないかはわからないけれども、私としてはありゃあそうじゃないって誓ってもいいと思ってます、いかにも赤毛らしい気立てだし、指は長くて骨ばってて、リンブルガーチーズと聞いたって全然欲しがりませんし――」
弁護士：「与太話はやめて、暴行の話に限定してください。続きをどうぞ」
証人：「あ、はい、それで、ソフロ――いやそのジョーンズが――にじり寄ってきまして拳銃《けんじゅう》を抜きまして、スミスの頭を吹っ飛ばそうとしましてスミスが逃げまして、ソフローニアが床にドタッと倒れて二度悲鳴を上げまして、それがもう目一杯の大声でして。あんなに嘆き悲しんでる人間は見たことありませんね――それでこうわめくんです、『ああ、地獄だわ！　あの人たちどういう了簡《りょうけん》なの？　あたしもう母さんに、二度と会えないのね！』――そう言ってもう一回ギャーッと悲鳴上げまして、バッタリ蠟《ろう》人形みたいに気絶しちまいました。それで私思ったんです、こいつは相当やば――」

裁判長：「あなたがどう思ったかはどうでもよろしい。我々はあなたが何を見たかを知りたいだけです。あなた確信がありますか、ジョーンズがスミス氏の頭部を撃ち飛ばそうとしたということに？」

証人：「あります、裁判長殿」

裁判長：「何発撃ったのかね？」

証人：「ええとあの、数ははっきりわからないんですけど、でもまあたぶん――七発、八発ってところでしょうか――まあそれくらいは」

裁判長：「注意してください、あなたはいま宣誓の下に証言なさっているのですよ。どういう拳銃でした？」

証人：「ダリンジャーでした、裁判長殿」

裁判長：「デリンジャー!? いい加減なことを言ってはいけません。デリンジャーは一発しか撃てませんよ――どうやって七発も八発も撃てたんです？」「こう指摘されて証人は見るからに呆然《ぼうぜん》とし、煉瓦《れんが》を投げつけられたかのごとく固まっている。」

証人：「ええとその、裁判長殿、あいつが、つまりその、ジョーンズがですね、いやその、ソフ――」

裁判長：「本当に確かかね、何発も撃ったというのは？ そもそもほんとに発砲したのかね？」

証人：「あの――それは――ええと、ひょっとしたらそうじゃなかったかもしれませんで――あの――裁判長殿のおっしゃるとおりかと、ただですね、あの娘がとにかくえらい勢いで泣きわめくもんで―要するにその、撃ったのは一発だけだったかもしれません」

弁護士：「スミスの頭を撃ち飛ばそうとしたとのことですが、胴や脚を狙《ねら》ったのではないのですか？ そこのところ、いかがです」

証人：(すっかり混乱して)「はい、ええ、そうだったと思います――ええ――ですから――きっとそうだと思います。はい、おっしゃるとおり、脚を撃ったにちがいありません」

〔反対尋問によっても何ら情報は引き出せず、わずかにジョーンズ氏が使用した凶器はデリンジャーではなくボウイナイフ（西部開拓時代に武器・作業用に多用された猟刀）であること、被告を撃とうとしたのではなく頭の皮を剝《は》ごうと数回懸命に試みたのだということが判明したのみであった。また国籍不明のソフローニアは、卒倒したのではなく、乱闘の場に居合わせなかったこともわかった。前の晩に解雇されていたのである。〕

ワシントン・ビリングズが宣誓ののちに述べた。「わたし喧嘩《けんか》見ましたけど、酒場じゃなかったです──路上でした。二人とも酔っ払ってて、一人が道をこっちからあっちへ行くとこで、もう一人があっちからこっちへ行くとこでした。一回目にすれ違ったときは道端の家並にも近いあたりで、二人ともちゃんとぶつからないようによけたんですけど、二回目は舗道をジグザグに渡ってまして──ふらふらと、斜めに──で、舗道の縁で鉢合わせになりまして──二人ともすっかりへべれけでして──一瞬ふらついたかと思ったら、どさっと道端の溝に落っこっちまいまして。スミスが先に起き上がりまして、石ころ拾おうとしてダーッと飛び出したんですが、転んでジョーンズの上にぶっ倒れまして。ジョーンズも起きてきて石ころ拾おうとしてダーッと飛び出したんですが、足をすべらして頭をスミスの腹に思いきり食い込ませちまいまして。で、二人ともおんなじことをもう一回、二回、まったくおんなじようにやりまして。あとはもう二人とも立ち上がれもしませんで、ぬかるみに転がったまま、泥ひっつかんで罵《ののし》りあってました」
［反対尋問において、両者がその後酒場で争いを継続したか否《いな》かを証人は訊《たず》ねられたが、これについては何も言えなかった。彼としてはそれが道端の溝で始まったことを知るのみであり、また彼が知り、信じる限り二人とも酒場に入るにはあまりに酔っ払っていたし、もしいったん入ったらそこに落ちうる穴がひとつでもあったならかならずや落ちてしまうにちがいないほど酔っ払っていた。凶器に関しては、証人が目にしたのは石ころのみであり、彼が知り、信じる限り彼が居合わせていたあいだ両者一度も命中しなかった。］
ジェレマイア・ドリスコルが歩み出て、宣誓を行ない、次のとおり証言した。「裁判長殿、私、喧嘩を目撃しましたが、酒場じゃありませんでしたし、路上でもありませんでしたし、ホテルでもありませんでしたし、それに――」
裁判長：「サンフランシスコの市内、郡内ではあったのかね？」
証人：「はい裁判長殿、そ――そうだったと思います」
裁判長：「では、続けたまえ」
証人：「あれはですね、広場でやったんです。ジョーンズがスミスに出会いまして、二人ともおっぱじめたんです――つまり、罵りあいを。一方が相手を泥棒呼ばわりしまして、もう一方が相手を嘘《うそ》つき呼ばわりしまして、あとはもう何たらかんたらいろんな罵倒《ばとう》が行ったり来たりで、とうとう片っぽがもう片っぽの頭をステッキでぶん殴りまして、おたがい組みあって倒れて、そこからはもうもうと埃《ほこり》が舞って砂利がさんざん飛びかって、どっちが優勢なのかわかりゃしませんでしたね。埃が晴れると、片っぽが松材の長椅子で相手をぶっ叩《たた》こうとしてて、もう片っぽは石を探してまして、それで――」

弁護士：「あーもういいもういい――もうたくさんだ！　そんな与太並べられたって、さっぱりわかりゃせんぞ！　最初に殴りかかったのはどっちだね？」

証人：「しかとは言えませんが、私が思うに――」

弁護士：「思うだと？　知ってるんじゃないのか？」

証人：「いいえ、何せいきなりのことでしたし、それに――」

弁護士：「では、最後に殴りかかったのはどっちか、言えるなら言ってくれたまえ」

証人：「そいつは無理です。というのも――」

弁護士：「というのも何だね？」

証人：「というのも、最後の方になると、がっちり組みあって二人で倒れて、砂利をさんざん蹴《け》り上げてまして、それで――」

弁護士：（あきらめ気味に）「反対尋問をどうぞ――反対尋問を」

「反対尋問において、争いの最中に一方がスラングショット（革紐に金属や石を結びつけた凶器）を取り出し頭上に構えまではしたが、証人の知り、信じる限り振りおろしはしなかったことが判明した。これと同時に相手は手榴弾《しゅりゅうだん》を敵に投げつけ、外れたので危害は及ばなかったが道の反対側の帽子店が吹っ飛ばされはし、帽子店従業員たちにつかのまの気晴らしをもたらした。だが証人は、どちらがスラングショットを持ち出しどちらが手榴弾を投げたかも言えなかった（法廷に居合わせた人びとは概して、証人の発言は曖昧《あいまい》で不十分であると評した）。さらに尋問を続け、当の原告および被告と対面させてみると、ジョーンズとスミスの顔はこの証人にとって未知であり、証人は一貫してまったく違う喧嘩の話をしていたことが明らかになった。」

ほかの証人たちが質問され、はじめに手を出したのはスミスだと断じる者もあれば、喧嘩を始めたのはジョーンズだと断じる者もいたし、殴りあったのだ、ナイフで戦ったのだ、トマホークだった、拳銃だった、棍棒《こんぼう》だった、斧《おの》だった、ビールのジョッキと椅子だったという証言もあったし、喧嘩などいっさい起こらなかったと唱える者もいた。しかしながら、喧嘩があったにせよなかったにせよ、証言はある一点において明快であり、みな共通していた。すなわち、これは二ドル四十セントをめぐる諍《いさか》いで、一方がもう一方にその金を借りていたというのであるが、どちらが借り手でどちらが貸し手だったかは判然としなかった。

証人全員の話を聞いた末に、シェパード裁判長は、この事件をめぐる証拠は、きわめて多くの面で、毎日聞かされる一日平均三十五あまりの事件の証拠とよく似ていると述べた。そして裁判長は、この一件は継続審議とする、両者にさらなる証拠を確保する機会を与える、と述べた。

「この数日、筆者は警察裁判所をつぶさに観察してきた。筆者の知人二名が、ワショー株をめぐる暴行事件に関係していたので、筆者としても興味があったのである。が、これら知人の名がジェームズ・ジョンソンとジョン・ウォードであることは、法廷で二人が名前を呼ばれて答えるまで知らなかった。ジェームズ・ジョンソンの名が呼ばれると、青年の一方が相棒に言った。「おい、お前のことだぞ」と言ったか、「違うよ、お前さ」と相手は言った。「俺はジョン・ウォードだもの――ほら、ちゃんとカードに書いといたんだ」。というわけで、最初に口を開いた方が「はい！」と答え、事はつつがなく進んだ。すでに述べたとおり警察裁判所をつぶさに観察してきた筆者は、警察裁判官の職は利潤豊かで快適な地位だという結論に達した。ただし、インドで弾丸不足の際に虎《とら》と戦うことについて英国人のハンターが言ったように、「それなりに厄介はある」。証言を聞くのは、正気の際には時に煩《わずら》わしい務めであるだろう。筆者としては、裕福な鉱山会社の幹部にでもなって、分担金を通達してそれを丹念に徴収し、あとは静かに、疚《やま》しいところなく、神の気高き作品たる身となって、この連中とは違って自分のものでない金など一ドルたりとも貪《むさぼ》らずに過ごす方が好ましい（やれやれ、筆者には嫌味の才がつくづくないと思う——どだい無理な相談だ）。だが話がそれた。」

さて、人類の有する本能的な誠実さと、公正の徳に全幅の信頼を置きつつ、筆者は〈スミス対ジョーンズ事件〉を、何のコメントも論も添えずに大衆の方々に差し出そうと思う。じっくり吟味していただけば、その判断は正義にして決定的、かつ公正となることを筆者は確信する。スミスが追放されてジョーンズが称揚されるにせよ、ジョーンズが追放されてスミスが称揚されるにせよ、その決定は神聖にして正義なるものであるだろう。

世間という名の法廷に、筆者は被告人と原告人を据える。彼らの運命が宣告されんことを。

（一八六四年六月二十六日）

ジム・スマイリーの跳《と》び蛙《がえる》

A・ウォード様

拝啓　ご依頼のとおり先日、人の好《よ》いお喋《しゃべ》り老人サイモン・ウィーラーの許《もと》を訪ね、あなたの友人リオニダス・W・スマイリーの消息を問い合わせてみました。結果を以下に記します。そこから何らかの情報を引き出しうるものなら、どうぞ遠慮なくお引き出し下さい。あなたのおっしゃるリオニダス・W・スマイリーなる人物は、作り話ではないかと僕は胸中疑っています――あなたにはそんな知り合いなどいたことはないのであって、僕がウィーラー爺《じい》さんにそういう人物について訊《たず》ねたら爺さんはきっと自分の知る悪名高きジム・スマイリーのことを思い出し、だらだら長ったらしい、僕には何の役にも立たぬ忌々《いまいま》しい回想をやり出して僕を死ぬほど退屈させるものとあなたは踏んだんじゃないか。もしそれがあなたの目論見《もくろみ》だったとしたら、ミスター・ウォード、大成功でしたよ。

＊　＊　＊

おそろしく古い炭鉱地ブーメランの、くたびれた宿屋の酒場に僕が訪ねていくと、サイモン・ウィーラーはストーブのかたわらで気持ちよさげにうたた寝していた。太った禿《は》げ頭の老人で、その落着いた顔には人なつっこい、穏やかで素朴な表情が浮かんでいた。老人は目を覚まし、やあこんちはと挨拶《あいさつ》をよこした。僕は彼に言った。私の友人の少年時代の親しい友でリオニダス・W・スマイリーという人物がおりまして、いまはリオニダス・W・スマイリー牧師になっているのですが、この若き伝道の師が一時期このブーメラン村の住民だったと友人が聞きつけまして、消息を聞いてくれと頼まれたのです。もしこのリオニダス・W・スマイリー牧師について何かお聞かせいただけたら、大変有難いのですが。

サイモン・ウィーラーは僕を部屋の隅に追いつめて、自分の椅子《いす》で僕の逃げ道を断ち、それから腰を据えて、以下に綴《つづ》る単調な物語をえんえん語り出した。にこりともせず、しかめ面《つら》ひとつ浮かべず、最初定めた物静かな、穏やかに流れる調子から少しも声を変えず、興奮している様子などこれっぽちも見せなかったが、はてしない物語を通してずっと、そこに流れるひたむきさ、誠実さたるや実に堂々たるものがあって、よもや自分の話に馬鹿馬鹿《ばかばか》しいところ、滑稽《こっけい》なところがあるなどとは露《つゆ》も思っておらぬ様子で、真に重要な話と考えていること、その二人の主人公を並外れた手腕の天才的人物と見ていることは一目瞭然《いちもくりょうぜん》だった。あんな変な話を、あんなふうに淡々と落着き払って一度も笑みを浮かべず語る老人の姿は、素晴らしく理不尽な眺めというほかなかった。さっきも言ったとおり、リオニダス・W・スマイリーについて知っていることを聞かせてくれと頼んだら、向こうは次のように答えたのである。僕は爺さんの好きなように喋らせ、一度たりとも話を遮らなかった。

いい、ジム・スマイリーって奴《やつ》なら四九年の冬にここにいたな、いやそれとも五〇年の春だったか、そこらへんはどうもはっきり覚えておらんが、とにかくそのどっちかだったと思うのは、あいつがこの炭鉱地にやって来たときはまだ大用水路が出来上がっておらんかったからだ。けど何にせよあんなに変わった男はおらんかったな、何せ賭《か》けの種と見ればとにかく何にでも相手を探すんだ、で、誰も賭けないと見ると、じゃあ俺がそっちに賭けるからあんたこっちに賭けないか、あんたがよければ俺もそれでいいから、なんて言って、とにかく賭けさえできれば満足なわけさ。だけどこれがまたおそろしく運の強い男でな、とにかく半端《はんぱ》じゃなく強い。だいたいいつも勝ってたね。年じゅう虎視眈々《こしたんたん》チャンスを狙《ねら》っておって、何か持ち上がるたびにじゃあ賭けようぜと来て、あんたどっちでも好きな方に賭けなよと行くわけだ。競馬をやってたら、レースが終わったときにはたんまり儲《もう》けてるか文なしになってるか。闘犬やってりゃ犬に賭ける。闘猫《とうびょう》やってりゃ猫に賭ける。闘鶏やってりゃ鶏に賭ける。何しろ柵《さく》に鳥が二羽乗ってたって、どっちが先に飛び立つか賭けようぜって言ってくるし、野外集会やってりゃかならずそこに来てウォーカー牧師をダシに賭けを張る。ありゃあこのへんで最高の説教師だぜって奴は言ってたけどそれは本当にそうでしかもこの牧師さん実にいい人だった。そこらへんでアシナガカブトムシがどこかへ向かって歩き出したら、行き先に着くまでにどれくらいかかるか賭けようぜって言い出して、こっちが乗ろうもんなら、虫がどこへ向かっててどれくらい旅したか知るためにメキシコまでだって追っかけてったよ。スマイリーに会ったことある奴ならこのへんに一杯おるから、みんな話を聞かせてくれるはずさ。とにかくだな、何だっていい、何にでも賭けるんだよあいつは。いつだったか、ウォーカー牧師の奥さんが重い病気になってしばらく寝込んじまって、こりゃもう助からないんじゃないかってときに、ある朝スマイリーがやって来て、奥様の具合はいかがですって訊《き》くから牧師が、ありがとう、神の無限のお慈悲のおかげで大分よくなったよ、この調子なら天恵《てんけい》のお導きで回復する見込みはあると思うねと答えたら、スマイリーの奴思わず、「じゃ、回復しない方に二ドル半賭けます」って言ったもんだ。

で、このスマイリーが雌馬を飼っておってな、みんな十五分駄馬とか呼んどったが、まあふざけてそう言ってるだけで、さすがにもうちょっと速かった。スマイリーときたらこの馬でけっこう稼いだものさ――ずいぶんのろいし喘息《ぜんそく》だかジステンパーだかそれとも結核だったか、なんかその手の持病を患《わずら》っておったのにな。だいたいいつも二百ヤードか三百ヤードのハンデもらって先にスタートして、そのうちどんどん抜かれてくんだが、ゴール近くまで来ると急に興奮して必死になって、ぴょんぴょん跳びはねて脚を無茶苦茶振り回して宙に投げ上げたりフェンスの方に突っ込んだり、おまけに咳《せき》はするわくしゃみはするわ鼻は鳴らすわでますます埃《ほこり》は立つし騒々しいったらない――で、おしまいはいつもぎりぎり、首差で一着ゴールインするのさ。

奴は小さな雄犬も飼っておって、こいつが見た目には全然駄目そうで、根性悪そうな顔でそこらへんに陣取って何かかっぱらうチャンス待ってるくらいにしか見えんのだが、いったん自分に金がかかると、これがまるっきり違う犬になるんだな。下あごが汽船の船首楼《フォークスル》みたいに突き出て、歯がむき出しになって溶鉱炉みたいにギラギラ光るんだ。相手の犬が組みついてきて、ぶっ叩《たた》いたり嚙《か》みついたり、二三べん投げ飛ばしたりしてくると、アンドルー・ジャクソン――ってのがその犬の名前なんだ――の奴、それでまったく結構、すべて思ってたとおりですって顔するもんだから、みんなどんどん相手の犬に倍に倍に賭けていって、さあこれでもう有り金全部賭りたってところまで来ると、いきなり相手のうしろ脚の関節をつかんで、ぴたっとしがみつくんだ――嚙むんじゃないぞ、ただぎゅっとつかまえて相手が音《ね》を上げるまでくっついとるんだよ、一年かかろうとへっちゃらなのさ。スマイリーの奴、その犬でずっと勝ちっ放しだったんだが、あるときこいつをうしろ脚のない犬と組ませて――回転ノコギリで両方とも切られちまったのさ――戦いももう十分進んで賭け金もたっぷり積まれたってところでサァいつもの得意技に行こうとしたとたん、犬の奴びっくりした顔して、こいつぁ一杯喰った、これじゃあ万事休すだ、って感じになって、それからがっくり来た顔に変わって、すっかり戦意喪失、コテンパンにやられちまったよ。で、スマイリーに向かって、わたしゃもう駄目です、あんたのせいですよ、こっちはうしろ脚にしがみつく技が頼りなのにあんたときたら脚のない犬と組ませたりして、と言いたげな顔して、よたよたと脇《わき》へ行って、横になって、死んじまったんだ。いい犬だったよあのアンドルー・ジャクソンは、生きてたらきっと名をなしただろうよ、あいつには力があった、才能があったよ――だってそうだろ、これといったチャンスもなかったのに、あんな身の上で犬があれほど戦えるなんて、才能がなかったらありえんさ。

あの最後の戦いのこと思い出して、結末のこと考えると、わしはいつも悲しくなるんだよ。

で、このスマイリーってのはネズミ捕りテリアや雄鶏《おんどり》や雄猫も飼ってたし、ほかにも何から何まで飼ってるもんだから、落着かないったらありゃしなくて、こっちが何を持ってたって絶対相手を出してくるのさ。それがある日、蛙《かえる》を一匹つかまえて家に連れて帰って、いっちょうこいつを仕込んでやろうと決めたのさ。それからというもの、三か月のあいだ、その蛙に跳ぶことを教えようと朝から晩まで裏庭に座り込んでた。で、蛙の奴見事に、ほんとに覚えたのさ。スマイリーがうしろからちょいと押すと、じきにドーナツみたいに宙を舞ってる――とんぼ返りを一回、出だしが上手《うま》く行ってりゃ二回、ばっちり決めて、猫みたいに涼しい顔でべったり降りてくるんだ。蠅《はえ》をつかまえる芸もしっかり仕込まれて、年じゅう練習させられてたから、蠅に関しちゃもう百発百中だったね。蛙はとにかく仕込みさえすりゃいいんだ、仕込めばまず何だってできるようになるのさってスマイリーは言ってたけど、ほんとにその通りだったよ。わしもこの目で見たんだ、奴がダヌル・ウェブスターを――ダヌル・ウェブスターってのがその蛙の名前だったのさ――この床に座り込ませて、「蠅だぞ！　ダヌル、蠅だ」って声かけると、こっちがまばたきする間もなくパッと跳び上がって、そこのカウンターにとまってる蠅をするっと呑《の》み込んで、またどさっと泥のかたまりみたいに床に降りてきて、うしろ足で頭の横を、蛙ならみんなやれることをやっただけですって顔でぽりぽり掻《か》いとるんだ。あんなに才能があるのに、あんなに奥ゆかしくて真っ正直な蛙はおらんね。で、平らなところで正々堂々跳ぶとなったら、ただのひとっ跳びでもう、蛙がこんなに跳ぶの見たことないってくらい遠くまで跳んでみせる。とにかく平らなところで跳ぶのが一番得意でな、これとなったらスマイリーの奴、一セントでも金が残ってる限り目一杯賭けてたね。もう蛙のことが自慢で自慢で、そりゃまあ無理ないわな、そこらじゅう旅してきた連中もみんな、こんなすごい蛙見たことないって太鼓判押してたんだから。

それでこの蛙をスマイリーは小さな格子《こうし》箱《ばこ》に入れて飼っておって、ときどき町に連れてきては賭けの相手を探してた。ある日、一人の男が——この炭鉱地じゃ見かけない奴だったな——スマイリーが箱を持ってるところに出くわして、言った。

「その箱、何が入ってるのかね？」

するとスマイリーは、何だかどうでもよさげに言う。「オウムかもしれんし、カナリアかもしれん、だけど違うのさ——ただの蛙だよ」

すると相手は箱を手に持って、じっくり眺めて、あちこち回してみる。「ふむ——

たしかに。で、何の役に立つのかね、この蛙？」

「そうさな」とスマイリーはのんびり気楽そうに答える。「ま、ひとつは役に立つところがあると言っていいかな。キャラヴェイラス郡のどの蛙より遠くまで跳べるのさ」

相手の男はもう一度箱を手にとって、もういっぺんじっくり、しげしげと見てからスマイリーに返して、ひどくゆっくりと言った。「どうかなあ——俺の見たところ、べつにほかの蛙に優《まさ》ってるところはなさそうだがね」

「あんたにはそう見えるかもしれん。あんたは蛙ってものをわかってるのかもしれんし、わかってないかもしれん。蛙ならずいぶん見てきたのかもしれんし、それとも、言ってみりゃただの素人《しろうと》かもしれん。まあとにかく、俺には俺の意見がある。こいつがキャラヴェイラス郡のどの蛙より遠くまで跳べる方に四十ドル賭けるぜ」

するとと相手は少しのあいだ考え込んでから、やがて、どこか切なそうに言った。

「どうかなあ——俺はただの行きずりの身だしさ、蛙なんか持ってないからなあ——持ってたら賭けるんだが」

「いいとも——いいともさ——ちょっとこの箱持っててくれたら、蛙、見つけてきてやるよ」。そこで男は箱を受けとり、スマイリーのに合わせて自分も四十ドル出して、腰を据えて待つことにした。

そこで男はしばらくそこに座って、一人でさんざん考えた挙句《あげく》、箱から蛙を取り出して、その口をこじ開けて、茶さじを出して、ウズラ撃ちの弾を詰め込んだ。ほぼあごのあたりまでたっぷり詰め込んで、床に下ろしたんだよ。スマイリーは沼に行って長いこと泥のなかでびしゃびしゃやった末にやっとこさ蛙を一匹つかまえて、持ち帰って相手の男に渡した。

「さ、あんたの支度ができたら、そいつをダヌルと並べて、二匹の前足が一直線になるように置いてくれ、そしたら俺、号令かけるから」。そうして「一——二——三——跳べ！」——二人とも蛙をうしろからつっつくと、米たばかりの蛙は元気よくはねて跳んでったが、ダヌルはよいしょと体を持ち上げて、両肩を、こう、フランス人みたいに引き上げたものの全然駄目だった。一寸だって跳べやしない。鉄床《かなとこ》みたいにどっしり地べたにくっついて、錨《いかり》でも下ろしたみたいに動けなかった。スマイリーはえらく驚いたし、頭にも来たけど、いったいどうなってるのか、もちろん見当もつかなかった。

相手の男は金を持って立ち去りかけて、ドアから出るところで肩ごしに親指を向けなくこっちへ——ダヌルの方へ——向けて、もう一度、ひどくゆっくりと言った。

「どうかなあ――俺の見たところ、べつにほかの蛙に優ってるところはなさそうだがね」

スマイリーは頭を掻き掻きそこに立って、長いことダヌルを見下ろしていたが、やがて言った。「おかしいなあ、いったいこいつ何だって勝負投げちまったのかなあ――どこか悪いのかなあ――何だかえらくふくらんで見えるぞ」――そう言ってダヌルの首筋をつかんで、持ち上げて、「こりゃあたまげた、この重さ、五ポンドはあるぞ」と言ってひっくり返すと、ダヌルは両手一杯くらいの弾をごぼごぼ吐き出した。それでやっとスマイリーも合点《がてん》が行って、いや怒ったのなんの――蛙を放り出して男のあとを追ったが、結局つかまらずじまいだった。で――

「ここでサイモン・ウィーラーは表の庭で自分の名前が呼ばれるのを聞いて、何の用かと見に行った。」出て行きながら彼は僕の方を向いて、「あんた、そこで待ってなよ。楽にしててくれ、すぐ戻ってくるから」と言った。

だが失礼ながら、進取の気性あふるる放浪者ジム・スマイリーの物語をこれ以上聞いたところで、リオニダス・W・スマイリー牧師をめぐる情報が得られるとは思えない。僕は帰ることにした。

ドアのところで、気のいいウィーラー爺さんが戻ってくるところに鉢合わせると、爺さんは僕をつかまえて、話を再開した——

「で、このスマイリーがだ、黄色くて片目で尻尾《しっぽ》のない牛を飼っておってな、尻尾の代わりにあるのはバナナみたいな短いやつだけで——」

「糞《くそ》喰らえだ、スマイリーのろくでもない牛の話なんて！」と僕は愛想好く呟《つぶや》き、ごきげんようと御老人に挨拶して、立ち去った。

敬具

マーク・トウェイン

（一八六五年十一月十八日）

ワシントン将軍の黒人従者

——伝記的素描

この著名な黒人の生涯の感動的な部分は、その死とともに始まった。すなわち、その伝記の顕著な特徴は、彼が最初に死んだと同時に始まるのである。それまでは誰に取り沙汰《ざた》されるでもなかったのに、以来彼の噂《うわさ》が絶えたためしはない。定まった、例外なき間隔を置いて噂は続く。彼の経歴はきわめて非凡であり、その物語はわが国の伝記文学への貴重な寄与たりうるものと私は考えてきた。というわけで、まさにそうした作物《さくぶつ》の素材となる、確実な源からの情報を慎重に比較対照した成果を、いま世に問おうと思う。わが国の若者の教育に貢献すべく、この文章が学校教育に導入される可能性も考慮して、少しでもいかがわしい要素はすべて排除してある。

ワシントン将軍の有名な従者の名はジョージであった。半世紀にわたって大人物たる主人に忠義を尽くし、その長い年月、主人からの高い評価と信用を一貫して享受《きょうじゅ》した末に、愛する主人をポトマック河畔の安らかなる墓に横たえることがついに彼の悲しい任となった。その十年後の一八〇九年、自らも齢《よわい》を重ね、名誉も得た身で、彼を知る人みなに惜しまれつつ世を去った。その日の『ボストン・ガゼット』紙はこう報じている――

その逝去《せいきょ》がいまだ惜しまれるワシントンのお気に入りの従者ジョージが、先週火曜ヴァージニア州リッチモンドにおいてその実り多き生を終えた。享年九十五であった。死の数分前まで知力は依然明快で、記憶もしっかりしていた。故人はワシントンの大統領二期目の就任式に居合わせ、またその葬儀にも列席し、それら著名な出来事にまつわる主たる事柄をはっきり覚えていた。

この時期からしばらく、ワシントン将軍お気に入りの従者について我々は何も聞かないが、やがて一八二五年五月、彼はふたたび死んだ。フィラデルフィアの某紙は悲報をこう告げる――

先週ジョージア州メーコンにおいて、ワシントン将軍お気に入りの従者であった黒人ジョージがその長き生を終えた。享年九十五であった。息を引きとる数時間前に至るまで、故人はすべての知的能力を十全に保ち、ワシントンの大統領二期目の就任式、その死と埋葬、コーンウォリスの降伏、トレントンの戦い、ヴァリー・フォージの悲惨と苦難等々を明確に想起することができた。故人が墓へ運ばれるに際し、メーコンの全住民が同行した。

一八三〇年七月四日の独立記念日、また一八三四年、三六年の同日にも、本稿の主題たる人物はその日の演説に際し堂々演壇で披露され、そして一八四〇年十一月、彼はふたたび死んだ。同月二十五日の『セントルイス・リパブリカン』紙はこう述べる——

革命の名残　また一人去る　かつてワシントン将軍お気に入りの従者であったジョージが昨日、当市のジョン・リーヴンワース氏宅においてその尊《たっと》き生を終えた。享年九十五であった。故人は死の時に至るまで十全な知的能力を保ち、ワシントン大統領の最初の就任式、二度目の就任式とその死、コーンウォリスの降伏、トレントンとモンマスの戦い、ヴァリー・フォージでの愛国軍の苦悶《くもん》、独立宣言布告、ヴァージニア下院におけるパトリック・ヘンリーの演説、その他数多くの胸を打つ回顧談を生々しく記憶していた。白人といえどもこの老黒人ほどその死を悼《いた》まれた者は少ない。葬儀には大勢の参列者が訪れた。

その後十年あまり、本稿の主題たる人物は全米各地の独立記念日式典に登場し、演壇の上に陳列されて好評を博した。だが一八五五年の秋、彼はふたたび死んだ。カリフォルニア諸紙はこう述べる——

老雄また一人去る　三月七日、ダッチ・フラットにて、かつてワシントン将軍の篤《あつ》い信用を得ていた従者ジョージ、偉大なる生を終える。享年九十五。その記憶は最後まで衰えることなく、興味深い追憶の驚くべき宝庫であった。ワシントン大統領の一度目、二度目の就任式とその死、コーンウォリスの降伏、トレントン、モンマス、バンカー・ヒルの戦い、独立宣言布告、ブラドックの敗北を故人は生々しく想起することができた。ダッチ・フラットに在《あ》っても大いに尊敬を集め、葬儀には一万の人々が参列したと目される。

本稿の主題たる人物が最後に死んだのは一八六四年六月であり、これを覆《くつがえ》す報《しら》せがないかぎり、今回は永久に死んだと考えるのが妥当であろう。ミシガン州諸紙は訃報《ふほう》をこう告げる——

革命の貴重な生き残り　また一人逝去　かつてジョージ・ワシントンお気に入りの従者であった黒人ジョージが、先週デトロイトにおいてその敬うべき生を終えた。享年九十五であった。死の瞬間に至るまでその知力は曇ることなく、ワシントンの一度目、二度目の就任式とその死、コーンウォリスの降伏、トレントン、モンマス、バンカー・ヒルの戦い、独立宣言布告、ブラドックの敗北、ボストン茶会事件、ピルグリム上陸を故人は鮮明に思い出すことができた。多くの人々の敬意を集めた身で他界し、墓までの道行きには巨大な群衆が同行した。

忠実なる老従僕は逝《い》った！　我々はもう彼を目にすることはあるまい——ふたたび現われるまでは。当面のところは、その長い、華麗なる死の履歴を彼はひとまず閉じ、休息の資格を正当に得た者だけが眠りうる安らかな眠りを眠っている。彼はあらゆる点において瞠目《どうもく》すべき人物であった。歴史上のいかなる著名人よりも見事に晩年を生き、長生きすればするほど記憶はより強く、長くなっていった。もしふたたび生きて死ぬことがあるとすれば、アメリカ発見を生き生きと覚えていることだろう。

右に挙げた伝記の要約は、その大枠において正確だと私は信じるものであるが、ほかにもあと一度か二度、どこか目立たない場所で、新聞にも嗅《か》ぎつけられることなく死んだ可能性は否定できない。また、これまで引用したすべての死亡記事にはひとつの過《あやま》ちが共通しており、これは是正されるべきである。すなわちどの記事においても、彼はひとしなみに、均一に、九十五歳でその生を終えたと報じられている。これはありえない。まあ一度は、ひょっとすると二度くらい、本当に九十五で死んだかもしれないが、いつまでもそうやっていられたはずはない。最初に死んだ時点で九十五歳だったとするなら、最後に一八六四年に死んだときは一五一歳だったのである。だが年齢すら彼の回想に歩調を揃《そろ》えられはしなかった。最後に死んだとき、ピルグリム上陸を彼は明確に記憶していたのだ。これは一六二〇年の出来事である。それを目撃した時点で二十歳あたりにはなっていただろうから、ついにこの世を去った際ワシントン将軍の従者は二六〇歳か七〇歳あたりだったと考えるのが妥当である。

しばらく様子を見て、本稿の主題たる人物が我々の許《もと》から確実に、取り返しようなく去ったことを確認したいま、私は自信をもって彼の伝記を刊行し、悲嘆に暮れる国民に謹《つつし》んで献《ささ》げる所存である。

付記　新聞紙上で、この悪名高き老いぼれペテン師がつい先日アーカンソーにおいてまた死んだことを私は知った。これで六回その死が報じられたことになり、場所は毎回変わっている。ワシントンの従者の遺体はもはや目新しさを失った。魅惑は失《う》せ、人々は飽きあきしている。もうやめようではないか。この悪気はない、だが空気を読み違えている黒人は、これまで六つのコミュニティに、彼を盛大な葬儀に付すための出費を強いてきたのであり、何万もの人々をだまし、めったにない極上の名誉なのだと思わせて墓まで同行させてきた。もうこれからは、埋葬されたままに保とうではないか。もし今後、どこかの新聞が、ワシントン将軍お気に入りの黒人従者がふたたび死んだと世に告げたなら、この上ない非難がその新聞に浴びせられんことを私は願うものである。

（一八六八年一月）

私の農業新聞作り

農業新聞の編集長の職を一時的に引き受けるにあたって、私としてもためらいはしたのである。船乗りでもない人間が、船の指揮を引き受けるとなれば、やはりためらうことだろう。だが私は、給料というものを考慮せざるをえない立場にあった。いつもの編集長が休暇に出かけることになったため、私は提示された条件を受け入れ、彼の座を引き継いだ。

久しぶりに仕事をするのは何ともいい気分であり、一週間ずっと、楽しさは一時《いっとき》も揺るがなかった。そしていよいよ原稿を印刷に回すと、一日のあいだ、己の努力が人目を惹《ひ》くだろうかと、いささか不安な思いで待った。夕暮れ近くに新聞社を出ると、階段の下に集まっていた男たちの一団がさっと散らばって私を通してくれた。一人か二人が「あいつだ！」と言うのが聞こえた。当然ながら、私は気をよくした。翌朝出勤すると、やはり同じような一団が階段の下に集まっていて、通りや向かい側にも一人二人といて、興味津々《きょうみしんしん》私を見ている。近づいていくと人波は左右に分かれ、うしろに下がり、誰か一人が「見ろよ、あの目！」と言うのが聞こえた。自分が注目を集めていることに私は気づかないふりをしていたが、内心ひそかに喜んで、手紙で叔母に知らせよう、と思っていた。短い階段をのぼって、陽気な話し声と朗らかな笑い声が上で響いているのを聞きながら仕事部屋に向かい、ドアを開けると、二人の田舎者ふうの若者が見えた。二人とも、私を見ると顔から血の気が失《う》せ、浮かぬ表情になった。そして二人とも窓に体当たりし、ガシャンとすさまじい音とともに外へ飛び降りた。私は驚いてしまった。

三十分ばかりして、流れるようなあごひげと、端正な、だがなかなかに厳しい顔つきの老紳士が入ってきたので、私は彼に椅子《いす》を勧めた。老紳士は何か気がかりなことがある様子だった。帽子を脱いで床に置き、帽子のなかから赤い絹のハンカチと、わが社の新聞を取り出した。そうして新聞を膝《ひざ》の上に置いて、ハンカチで眼鏡を拭《ふ》きながら、

「君が新しい編集長かね？」と言った。

そうです、と私は答えた。

「君、いままで農業新聞を作ったことはあるかね？」

「いいえ、これが初めてです」と私は言った。

「そうだろうな。農業の経験は、少しでもあるかね？」

「いいえ、ないと思います」

「うむ、何となくそういう気がしたんだ」と老紳士は言って、眼鏡をかけ、だが眼鏡の上から険しい目で私を見ながら、新聞を手ごろな大きさに畳んだ。「どうしてそんな気がしたか、きっとそのきっかけになったものを君に読んで聞かせよう。この社説だよ。聞いてみて、自分が書いたかどうか確かめてくれ」

　カブは決して捥《も》ぎ取ってはならない。傷《いた》んでしまうからである。子供を木に登らせて、木を揺さぶらせる方が遥《はる》かに良い。

「さて、これをどう思うかね？　これを書いたのは本当に君なんだな？」

「どう思うかですって？　いいと思いますね。賢明だと思います。きっと毎年毎年、この町だけでも、そりゃもうすさまじい量のカブが、まだ十分熟してないままもぎ取られるせいで駄目になっているにちがいありませんよ。だから子供を木にのぼらせて、揺さぶらせればですね――」

「何が揺さぶるだ！　カブは木に生《な》るんじゃないぞ！」

「あ、違うんですか？　でも誰が木に生るなんて言いました？　あれは比喩《ひゆ》のつもりで言ったんです、まったくの比喩として。少しでも道理のわかる人間だったら、あれはつまり、子供につるを揺さぶらせろってことだと察するはずです」

するとこの老人は立ち上がって、新聞をびりびりに引きちぎり、さんざん踏みつけ、杖《つえ》をふり回していくつか物を壊し、貴様《きさま》は牛ほどものを知らんと言った。そうして部屋から出ていき、ドアがばたんと閉まった。要するに、何か気に入らぬことがあったのだろうと思えるふるまいだったわけだが、何が気に入らなかったかはわからないので、私としても手助けのしようがなかった。

まもなく、のっぽの、死体のように蒼白《あおじろ》い、長い髪を肩まで垂らした、一週間分の無精ひげが顔じゅうの丘や谷からつき出ている男が部屋に飛び込んできて、ぴたっと立ちどまり、指を一本唇にあて、首を曲げ体も曲げて何かに耳を澄ます姿勢になった。何の音も聞こえなかった。男はなおも耳を澄ました。何の音もしない。そして、ドアに差してある鍵《かぎ》を回してから、そろそろと爪先《つまさき》立ちで私の方に近づいてきて、手をのばせば届くあたりまで来て立ちどまり、少しのあいだひどく興味深そうに私の顔を眺めまわして、折り畳んだわが社の新聞を胸から取り出し、こう言った――

「さあ、これ、あんたが書いたんだよな。読み上げてくれ――早く！　俺を楽にしていくれ。苦しいんだ」

私は以下の文章を読み上げた。一文一文が私の唇から出てくるにつれ、男がだんだん「楽に」なっていくのが私にはわかった。引きつった筋肉が緩んできて、不安が顔から抜けていき、荒涼とした風景を月光が優しく浸すように、休息と安らぎが目や口に広がっていくのが見えた。


グアノは良い鳥であるが、育てるには細心の注意が必要である。六月以前、若《も》しくは九月以降に輸入してはならないし、冬の間は雛《ひな》を孵《かえ》せるよう暖かい所に置いてやらねばならない。

今年は明らかに、穀物の収穫が遅れそうである。従って農家では、八月ではなく七月にトウモロコシの茎や、ソバ粉のパンケーキを植えるのが賢明であろう。

カボチャに関して。カボチャは果実類の中で一番、ニューイングランド内陸の住民に人気がある。人びとはフルーツケーキを作るにもスグリよりカボチャを好むし、牛の餌《えさ》としてもラズベリーよりカボチャを好む。カボチャの方が腹持ちが良いし、味も劣らぬからである。カボチャは食用の柑橘類《かんきつるい》の中で、ウリと一、二種のズッキーニ以外で唯一《ゆいいつ》北部でも育つ食物である。だが、これを家の前の庭で、灌木《かんぼく》と一緒に植える習慣は急速に廃《すた》れつつある。カボチャが日除《ひよ》けの木としては不適であることが、周知となりつつあるからである。

さて、暖かい季節が近付いてきて、ガチョウの産卵期が始まると……

――

興奮した顔で聞いていた相手は、握手を求めて私の方に飛んできて、こう言った――

「結構、もう十分だ。これで自分が狂ってないことがわかったよ。あんたは一語一句、俺が読んだとおりに読み上げてくれたからな。けさ読んだときは思ったのさ――いままでは仲間たちに四六時中厳しく見張られてもまさかと思ってたけど、俺はほんとに狂ってるんだ、そう思ったのさ。そうして俺は、二マイル先からも聞こえそうな悲鳴を上げて、誰かを殺しに表に飛び出した。どうせいずれそうなるとわかってるんだから、さっさとはじめようと思ったんだ。そして念のためもう一度、一段落だけ読み直してから、家に火を点《つ》けて、出かけた。何人かの人間を半殺しにしたし、一人はいまも木の上にのぼったままで、その気になればいつでもやっつけられる。だけどせっかくだからここに寄っていって、絶対迷いがなくなるまで確かめようと思ったわけさ。そしてもう迷いはない。あの男、木にのぼってるのは幸運だよ。戻っていったら絶対殺したろうよ。ごきげんよう、ごきげんよう。あんたのおかげですっかり気が楽になったよ。あんたが農業のことを書いた記事に耐えられたからには、もう何ものも俺の理性をかき乱せはしない。ごきげんよう」

人を半殺しにしただの、家に火を点けただの、この人物が興《きょう》じたという行為に私としてもいささか不安を覚えた。わずかではあれ、自分も共犯ではと感じずにいられなかったからだ。だがそうした思いもすぐに追い払われた。本物の編集長が入ってきたのだ！「私はひそかに思った。私が勧めたとおり君がエジプトに行っていたら、私ももっと腕を上げられただろうに。だが君はそうせずに、帰ってきてしまった。まあ何となくこうなる気はしていたが。」

編集長は悲しげな、とまどいと、落胆に彩《いろど》られた顔をしていた。暴れ者の老人と、若い農夫二人のせいで荒れはてた室内を編集長は見回し、こう言った。

「嘆かわしい――実に嘆かわしい。ゴム糊《のり》の壜《びん》は割れて、窓ガラスも六枚割れ、痰壺《たんつぼ》が壊れて蠟燭《ろうそく》立ても二本折れた。だがそれよりもっとひどいことがある。新聞の信用に傷がついたのだ。おそらくもう元には戻るまい。たしかに、これほど需要があったのは初めてだし、これだけの部数が売れて、ここまで話題になったのも初めてだ。だが、狂気のせいで評判になりたいか、精神の欠陥ゆえに繁盛《はんじょう》したいか？　いいか君、はっきり言うが、表の通りには人がたくさんいて、柵《さく》にも大勢乗っている。みんな君を一目見ようと待ってるんだ。君が狂ってると思ってるからだ。君のもろもろの社説を読んだからには無理もない。あれは報道業の面汚《つらよご》しだ。いったい何だって、自分にこういう新聞が作れるだなんて思ったんだ？　君、農業のことなんてまるっきり何も知らないみたいじゃないか。あぜ溝《ファロー》と砕土機《ハロー》が同じだと思ってるみたいだし、牛が脱皮する季節がどうこうとか言ってるし。ケナガイタチは人なつっこくネズミをたくさんとるからペットにすべきだと勧めている！　ハマグリは音楽を聞かせると大人しく横たわると君は書いてるが、大きなお世話だ。まるっきり大きなお世話もいいところだ。ハマグリは元々大人しいんだ！　いつだって大人しく横たわってるんだ。音楽なんかに興味はない。ああ、何たること。かりに君が、無知の習得を生涯の課題にしたとしても、ここまで優秀な成績で卒業できはしなかったろうよ。こんなもの、見たことないぞ。トチの実は商品として着実に人気が高まりつつある――この一言だけでこの新聞は破滅だ。さっさと辞職して、消えてくれ。私はもう休暇なんか要らない。休んだって楽しめやしない。君が代役のうちはとうてい無理だ。次に君がどんな提案をするか、一日じゅう心配で仕方ないだろうよ。君がカキの養殖場の話に『庭づくり』と見出しをつけていることを思うたび、私はもう耐えられない。出ていってくれ。もう金輪際《こんりんざい》、休暇なんて願い下げだ。ああ、なんで君、農業のことなんか何も知らないと言わなかったんだ？」

「なんで言わなかったかだと？　何言ってんだ、このトウモロコシの茎野郎、カリフラワーの馬鹿息子！　そんな無神経な科白《せりふ》、聞いたことないぞ。いままで十四年間新聞の編集やってきて、新聞作る人間が何か知らなくちゃいけないなんて初めて聞いたぞ。このカブ野郎！　二流新聞に演劇評を書くのは誰だ？　演技の知識なんて俺の農業の知識とどっこいの靴屋や薬屋の徒弟上がりさ。書評を書くのは誰だ？　自分で本なんか一度も書いたことない連中だよ。財界の大物を叩《たた》くのは誰だ？　財界のことなんかなんにも学ばないチャンスが誰より大きかった奴《やつ》らさ。インディアン征伐を批判するのは誰だ？　鬨の声《ウォーフーフ》とテント小屋《ウィグワム》の違いも知らない、トマホーク相手に駆けっこやらされたことも、夜に焚火《たきび》をする薪《まき》にするために家族の体から矢を抜かなきゃならなかったこともないお歴々さ。禁酒を訴え、神の恵みをとうとうと説くのは誰だ？　墓に入るまでただの一度もしらふの息を吐かない輩《やから》どもさ。で、農業新聞を作るのは誰だ、え？　大方みんな、詩でモノにならなくて、大衆小説も駄目でメロドラマ芝居も駄目で、社会面も駄目な奴が、救貧院からつかのま逃れるために農業新聞に頼るのさ。あんた、俺に向かって新聞屋稼業《かぎょう》を説くけどな、俺はもうこの業界、アルファからオマハまで（From Alpha to Omega＝「隅から隅まで」のもじり）渡り歩いてるんだ。ここじゃ何も知らない人間ほど、評判になるし給料だって高くなるんだよ。俺だってね、こんなに教養なんかなくてもっと無知だったら、そしてこんなに内気じゃなくてもっと厚かましかったら、この冷たい手前勝手な世間でいまごろ名を上げてるさ。いいとも、出ていこうじゃないか。こんな仕打ちされたら、誰だって喜んで出ていくさ。だけど俺は、自分の義務を果たしただけなんだぜ。許された範囲で契約を履行《りこう》しただけだ。言っただろう、あらゆる階層の読者があんたの新聞に興味を持つようにしてやるって——で、事実そうしただろう？　部数を二万部まで増やしてあげますよって言ったけど、あと二週間やってたら実際できただろうよ。しかも、農業新聞にこれまでついたこともない最高の読者層をつけてやれただろうよ——その中には農業やってる人間なんか一人もいなかっただろうし、命が賭《か》かってたってスイカの木と桃のツタとを区別できる奴だっていなかったはずさ。俺をクビにして損するのはあんただよ、俺じゃない。あばよ、ルバーブ野郎」

そう言って、私は立ち去った。

（一八七〇年七月）

経済学

経済学はすべての健全な政体の基礎である。いつの世も、最高の賢者たちがこの問題に対して彼――

〔ここで邪魔が入り、見知らぬ人間が来ていて用があるので玄関までお越し願いたいと言っていると知らされた。私は降りていってその人物と対面し、何の用かと訊《たず》ねたが、その間《かん》もずっと、沸きかえる経済学思想の手綱《たづな》を制し、それらが逃げ出さぬよう、あるいは馬具に絡《から》まってしまわぬよう奮闘していた。心中ひそかに、この輩《やから》が運河の底で小麦の荷の下に沈んでしまえばいいのにと願った。私は熱狂していたが、相手は冷静であった。お忙しいところ申し訳ありません、たまたま通りかかりましたらお宅が避雷針を必要としていらっしゃるのが目にとまったものですから、と男は言った。

「ふむ、ふむ――それで――それがどうした？」と私は言った。いえべつに特にどうもいたしません。ただもしよろしければ手前が避雷針を立ててさし上げますが、と相手は言った。私は住宅の維持に関しては新米である。これまでずっと、貸室や下宿屋で暮らしてきたのだ。同様の境遇にある人間はみなそうだろうが、私も（赤の他人の前では）長年家を維持してきたような顔でふるまおうとする。ゆえにこのときも、いかにもさりげない口調でこう言った。しばらく前から、避雷針を七、八本立てようかと思っていたんだがね――すると相手はハッとして、いぶかしげに私を見たが、私はそ知らぬ顔をしていた。これなら何かヘマをやっても、表情から悟られることはあるまい。町じゅうのどなたにも増してお客さまにご贔屓《ひいき》いただきとうございます、と相手は言った。結構、と私は言って、大いなる主題にふたたび取り組むべく立ち去りかけたが、相手は私を呼び戻し、「先《ポイント》」が何本ご入り用か、お宅のどのあたりに立てればいいか、どのような質の棒をお望みか、詳しくお伝えいただきませんと、と言った。住居維持の場数を踏んでいない人間にとってはいささか難題である。だが私はまずずこの急場を切り抜けた。たぶん相手は私が新米だとはついぞ思わなかったであろう。「先」は八本頼む、全部屋根に立ててくれ、棒は最高級のを使ってくれ、と私は答えたのである。すると相手は、「並」のやつでしたら一フィートにつき二十セント、「銅貼《ば》り」でしたら二十五セント、「亜鉛貼りの螺旋《らせん》ねじり」でしたら三十セントでしてこいつならどんな稲妻だろうとどこへ向かっていようとひとつ残らず捕《つか》まえちまいます、「すっかり骨抜きにしてそれ以上の前進はもはや典拠不明《アポクリファル》になります」と言った。典拠不明なんて語が君から出てくるとはなかなかのものだが、言語の問題はとりあえず措《お》いて、螺旋ねじりがいい、そいつを貰《もら》おう、と私は答えた。すると向こうは、二五〇フィートもあればひとまず用は足りると存じますが、しっかりとした、町で最高の、正しき者正しからざる者両方の賛嘆を引き出し、かくも左右対称的《シンメトリカル》で仮想的《ハイポセティカル》な避雷針は生まれてこのかた見たことがないと皆に言わしめるものにするには、まあやっぱり四百フィートは要りましょうかねえ、べつに手前も意地が悪いわけじゃございませんからお望みでしたら二五〇でやってみますが、と言った。それで構わん、四百フィート使ってくれ、やり方はすべて任せるからとにかく仕事に戻らせてくれ、と私は言った。こうしてやっとのことで男を追い払い、経済思想の列車を連結するのに三十分費やした末に、ふたたび先へ進む準備が私はいまや整っている。」

らの才能、人生経験、学識を駆使してこの上なく豊かな貢献をなしてきた。ゾロアスターにはじまりホレス・グリーリーに至るまで、あらゆる時代、あらゆる文明、あらゆる民族によって作られた商事法体系、国際結社、生物学的偏差のもたらす大いなる光が——

〈ここでふたたび邪魔が入り、例の避雷針売りとさらに協議すべく玄関に降りていくよう私は求められた。壮麗なる言葉たちに孕《はら》まれた驚異の思考――それら一語一語がいくつもの音節から成るばらばらの行進であり、ひとつの地点を通過するのに十五分はかかると思われた――でもって頭を煮えたぎらせたまま私はそそくさと階下へ行き、いま一度男と対面した。向こうはこの上なく落着いて愛想好《あいそよ》く、こちらはこの上なく熱して錯乱状態である。あちらはロードス島の巨像に劣らず静穏《せいおん》な構えで立ち、片足は芽が出立ての私の月下香《げっかこう》を踏み、もう片足は私の三色スミレの只中《ただなか》につっ込んで、両手を腰に当て、帽子のつばを前方に傾け、片目を閉じ、もう片目で家の一番大きな煙突の方を、批判と賛嘆の入り混じった表情で見やっている。いやまったくこういうのを見ると生きていてよかったとつくづく思いますよと男は言い、「どうです、一本の煙突に八本の避雷針が立った眺め以上に、狂乱的《デリリアス》に絵になる情景をご覧になったことがおありで？」と言い足した。いいや、それを越えるものを見た記憶はとりあえずないね、と私は答えた。すると相手は、言わせていただければ自然の風景でこの上を行くのは世にナイアガラの滝くらいなものですと言った。手前、心底思うのですが、これであとほかの煙突も少しばかり飾ってやれば、お宅はもう、目を完璧《かんぺき》に癒《いや》す眺めになりますとも。そう、「豊潤なる『一望《クー・ドイ》』に達成の生む心安まる統一感を付与し、それによって『武力政変《クー・デター》』から必然的に付随する興奮を和らげるのです」。君は喋《しゃべ》り方を書物から学ぶのかね、その本は私もどこかで借りられるだろうかね？　と私は男に訊ねた。男は感じよく微笑《ほほえ》みを浮かべ、本なぞではこの喋り方は学べません、稲妻にじかに親しんで初めて恥ずかしくない会話も可能になるのですと言った。それから男はざっと計算を行ない、さしあたって屋根全体にあともう八本ばかり立てればようございますかねえ、とすれば全部で五百フィートというところでしょうかと言った。さらに男は、それで最初の八本なんですが、いわばちょいと機先を制されまして、当て込んだより少ぉし多く使っちまいまして――まあほんの百フィートかそこらですが。こっちはすごく急いでるんだ、さっさと全部決めてくれんかね、早く仕事に戻りたいんだ、と私は言った。すると相手は言った。「手前としてはですね、最初の八本だけ立てて、さっさと失礼してもよかったわけですよ――そうする奴《やつ》もおることでしょうよ。ですが手前はこう思ったんです。この方は俺にとってまるきり赤の他人だ、だが赤の他人に不正を為《な》すくらいならこちとら死んだ方がましだ。この家にはまだ避雷針が足りんのだ、他人はいざ知らず俺は人にこうしてほしいと思うことを自分がやるまでここを動くものか、そのことをこの方にも知らせないと、そう思ったわけですよ。

ですからお客さま、これで手前もやるべきことはやりました。もしこれで、天の不従順《リカルシトラント》にして脱燃素《ディフロジスティック》的なる使者がお宅の屋根を——」「ああもういい、わかった」と私は言った。「もう八本立てればいい、螺旋ねじりを五百フィート足すがいい、何でもやりたいようにやってくれ、とにかくその苦悩は少し抑えて、辞書で届く範囲に感情を限定してくれたまえ。私はこれで、おたがい了解に達したなら、仕事に戻らせてもらうよ」。今回は、前回の邪魔で思考の列車が分断されたところまで戻るためにまる一時間机に向かっていたと思う。何とかそれも達成したので、先へ進もう。〕この重要な問題を相手に格闘してきたのであり、彼らのなかでもとりわけ偉大なる者たちが、戦うに値する敵を、それも投げ飛ばすたびにまた元気に笑いながら起き上がってくる敵をそこに見出《みいだ》してきたのである。自分は警察署長であるより思考深甚《しんじん》の経済学者でありたい、と偉大なる孔子は述べた。経済学は人間の精神が消尽《しょうじん》しうる最大の成就《じょうじゅ》である、とキケロは随所で述べている。わが国の誇るグリーリーも、曖昧《あいまい》ながら力強く述べている、「経済——

〔ここでふたたび避雷針屋に呼び出された。苛々《いらいら》も限界に近づいた状態で私は玄関に降りていった。お客さまの邪魔をするくらいなら死んだ方がましなんですが、手前としては仕事をするよう雇っていただいておるのでして、きちんと職人らしく仕事をするのが務めであるわけで、ひとまず作業が終われば疲れてもいますし当然ああ有難やこれで少し休める、ちょっとは気晴らしもできるなどと思ったりもしたわけですが、さあそうしようとふと眼を上げましたら、一目見ただけで、どうやら全体の計算がちょっとばかりずれておったことがわかりまして、これじゃあ雷雨が来たらこの家は、手前としてもいまではひとかたならぬ思いを寄せておりますこの家は、護《まも》ってくれるものと申しましても十六本の避雷針以外何もないわけでありまして――「いい加減にしてくれ！」と私はわめいた。「一五〇本でも立てればいい！　炊事場にも何本か立てろ！　納屋《なや》に一ダース立てろ！　牛に二本立てろ！　料理人にも一本立てろ！――そこらじゅう立てまくって、家まるごと、亜鉛貼りの、螺旋ねじりの、先っぽに銀の付いた竹やぶみたいにしちまえばいい！　さっさとやれ！　手に入る材料片っ端から使って、避雷針がなくなったら弾込め棒《ラムロッド》、カム棒《ロッド》、絨毯固定棒《ステア＝ロッド》、ピストン棒《ロッド》、人工的風景を求めてやまぬ貴様の情けない欲求におもねるもの何だって立ててるがいい、とにかく私の荒れ狂う脳に休息を、切り裂かれた魂に癒しを与えてくれ！」。するとこの鉄のごとき男は、愛想好く微笑んだ以外いっこうに動じることなく、単に袖口《そでぐち》を小《こ》粋《いき》に折り返しただけで、「それじゃあひとつ取りかかりましょうかね」と言った。これが三時間近く前のことである。経済学という高尚な題目について書けるだけの心の落着きがいまの自分にあるか、はなはだ疑問であるが、挑んでみたいという欲求に私は抗《あらが》えない。これこそこの世の学問のなかで私の心に何より切実、私の脳に何より大切な主題なのである。」

学は人類に対する天の最大の贈り物である」。放埒《ほうらつ》なる、だが才能豊かなバイロンはベネチアで異郷生活を送るなかで次のように述べた。もし仮に、生き間違ったこの人生をもう一度はじめからやり直せるものなら、酒も飲まぬ頭脳明晰《めいせき》な時間を、浮《うわ》ついた詩歌《しいか》なぞではなく、経済学論文の執筆に費やすものを、と。この美妙《びみょう》なる学をワシントンも愛したし、ベイカー、ベックウィス、ジャドソン、スミスといった名がこの学と不朽に結びついている。かの荘厳《そうごん》なるホメーロスでさえ、『イーリアス』第九巻でこう言っている。

正義ヲ行ナハシメヨ《フィーアト・ユスティティア》　タトヘ天ガ落チヨウトモ《ルアト・カエルム》
死後ニシテ《ポスト・モルテム・ウヌム》　戦争以前《アンテ・ベルム》

ココニ眠レル《ヒク・ヤセト・ホク》　一方ニ偏シ《エクス=パルテ・レス》
経　済　学《ポリティクム・エ=コノミコ》ナリ《エスト》。
（一〜三行目は英語化したラテン語のフレーズをでたらめに並べたもの。そもそもホメーロスの原典はギリシャ語であってラテン語ではない）

古《いにしえ》の詩人の抱いた壮大なる想念が、それを包む的確な言葉と、それを例示する崇高なイメージとも相まって、この一節を『イーリアス』のなかでもきわ立ったものにしており、ほかのいかなる詩句よりも――

〔「さあ、もう何も言うな――一言も言うな。請求額だけ伝えて、この敷地を包む測り知れぬ沈黙のなかに金輪際消えてくれ。九百ドル？　それだけか？　ではその額を書いた小切手だ、アメリカ中どこの銀行でも受けとってくれるはずだ。通りに集まっているあの人波、あいつらは何をしに来たのだ？　え？　『避雷針を見に』？　何の話だ、避雷針を見たことないのか？　『一軒にこんなに並んでるのは見たことがない』、そう言ったか？　ではひとつ出ていって、大衆の無知の奔出《ほんしゅつ》の批判的観察を試みようではないか」〕

三日後。我々はみな疲れきっている。二十四時間ずっと、逆立つ髪のごときわが家は、町じゅうの噂《うわさ》の種、驚異の源である。劇場は商売上がったりとなった。どれほど見事に拵《こしら》えた舞台上の情景も、私の家の避雷針に較《くら》べれば見劣りする月並みなものにすぎぬからである。家の前の通りは昼も夜も見物人でごった返し、田舎からわざわざ出かけてきた者も大勢いた。二日目に雷雨が訪れ、歴史家ヨセフスの古風な表現を借りれば稲妻がわが家を「標目」としはじめたときは心底ほっとした。これでいわば「大向こう」を追い払えたのである。五分もすると、私の敷地から半マイル以内、一人の見物人も残っていなかった。だが、ちょうどその範囲から先の、それなりに高い家はみな、窓から屋根から人がぎっしり群がった。無理もない。一世代分の流れ星や独立記念日の花火をみんな集めて、すさまじく明るい光の雨を、ひとつの不運なる屋根に一気にぶちまけたところで、嵐《あらし》のせいであたり一帯暗い只中でかくも壮麗に私の家を際立《きわだ》たせている火花の怒濤《どとう》に敵《かな》いはしなかっただろうから。数えたかぎり稲妻は四十分のあいだに私の家を七六四回襲ったが、そのたびに忠実なる避雷針のどれかにつまずき、螺旋ねじりを滑り落ち、こんなはずではなかったのにと驚く間もおそらくないまま大地に吸い込まれていった。かくも激しい爆撃のなかで、屋根板が剝《は》がされたのはただの一回だけであり、これはほんの一瞬、周囲の避雷針がすべて、すでに対処しうる量一杯の稲妻を伝導していたからにほかならない。いやはや、天地開闢《てんちかいびゃく》以来、こんなものは誰一人見たことがなかった。まる一昼夜、私の家族の誰かが窓から顔を出すたび、一瞬にして髪を引き剝がされ頭部はビリヤード玉のごとくツルツルになった。読者に信じていただけるなら、わが家の誰一人、外に出ようなんていう了簡《りょうけん》を起こした者はいなかった。だが、恐ろしい包囲もついに終わりを迎えた。飽くことを知らぬわが避雷針たちの力の及ぶ範囲、頭上の雲からはいっさいの電気が尽きてしまったのである。ここに至り私は外に出て、肝《きも》のすわった職人たちを集め、皆で飲まず食わず、眠りもせず、かくもおぞましい装備を敷地内から撤去する作業に没頭した。残したのはただの三本のみ、屋敷に一本、炊事場に一本、納屋に一本。そして見よ、これらは今日もなお残っている。これでようやく、人々はふたたびわが家の前の道を通行しはじめた。ちなみにこの恐怖の時期、私が経済学をめぐる論文の続きを書くことはなかった。いまでもまだ、それを再開するには、神経も脳も十分落着きを取り戻していない。

告知《ポイント》。最高級亜鉛貼り螺旋ねじり避雷針の素材三二一一フィートと、先端に銀の付いた先六三一本（状態良好、すべて使い込まれているものの並の緊急事態には十分対応可）を必要とする方は、本誌の出版社にお問い合わせいただければ特価をお知らせする。

（一八七〇年九月）

本当の話——一語一句聞いたとおり

夏の黄昏《たそがれ》どきのこと。私たちは丘の頂に立つ農場主の屋敷のポーチでくつろぎ、「レイチェル小母さん」は私たちの下の踏み段に恭《うやうや》しく座っていた。「小母さん」は私たちの召使いで、黒人だったのだ。体格は堂々として背も高く、歳《とし》は六十だが目は霞《かす》んでいないし、力も衰えていない。朗らかで元気一杯の人物で、彼女が笑うのは鳥が歌うのと同じように造作《ぞうさ》ないことだった。一日が終わったいま、小母さんは例によってさんざんとっちめられている。容赦なくからかわれていて、それを楽しんでいるのだ。カラカラと次々笑い声を上げ、そのうちに顔を両手で覆《おお》って、もう息が切れて表わしようもないほどの楽しさに身を震わせている。そんな一時《ひととき》に、私はふと思いついて、こう言った。

「レイチェル小母さん、あんたどうして、六十年も生きてきて一度も辛《つら》い目に遭わなかったんだい?」

小母さんの震えが止《や》んだ。笑いも止まって、しばし沈黙が生じた。顔から上だけ、小母さんは私の方に向けて、声に何の笑いも込めずに言った。

「ミスタC―、本気ですかい？」

私は少なからず驚いた。態度も喋《しゃべ》り方も一気にしおらしくなって、私は言った。

「いや――つまりその――思ったのさ――あんたが辛い日に遭ったはずはないって。あんたがため息をつくのを聞いたことがないし、あんたの目に笑いが浮かんでないのも見たことないし」

彼女はいまやまっすぐこっちを見ていて、すっかり真顔になっていた。

「あたしが辛い目に遭ったかですって？　ミスタC―、それじゃお話ししますから、ご自分で判断なすってください。あたしは南部で奴隷《どれい》たちに囲まれて生まれました。奴隷暮らしのことなら何でも知ってます、あたしも奴隷でしたからね。それで、あたしの亭主は、夫は、あたしを可愛《かわい》がってくれて優しくしてくれました。あなた様が奥様を可愛がられて優しくなさるのとおんなじにです。で、あたしたちには子供もいました――七人いました――あたしたちは子供たちのことも可愛がってました。あなた様方がご自分のお子様方を可愛がられるのとおんなじにです。黒い子供ですけど、神様がいくら子供を黒く作り給《たま》おうと、母親にしてみりゃ可愛いもんです。この世の何と引き替えにだって手放したくありません。

あたしはヴァージニアで育ったんですが、母親はメリーランドの育ちでして、そりゃもう、怒り出したらすごいんです！　その剣幕といったら！　癇癪《かんしゃく》を起こすと、いつもかならず言う科白《せりふ》があるんです。すっと背をのばして、両のこぶしを腰に当てて言うんです、『あんたらニガーに言っとくけどね、こちとらクズどもに馬鹿《ばか》にされるような沼地生まれの人間じゃないんだよ！　あたしゃ由緒《ゆいしょ》ある〈青雌鶏《めんどり》のヒヨコ〉なんだ！』。メリーランドで生まれた白人はですね、みんな自分のことをそう呼ぶんです、それを誇りに思ってるんです。で、母親もかならずそう言ったわけで。忘れられやしません、耳にタコが出来るくらい聞かされましたからねえ。それにある日、あたしの息子のヘンリーが手首をざっくり裂いちまって、頭もおでこのあたりまで危うく割れかけたってのにニガーどもが飛び回って世話するどころかだらだらしてたときも、向こうが口答えすると、母親はきっとなって言ったんです、『いいか、よく聞きな！　あんたらニガーに言っとくけどね、こちとらクズどもに馬鹿にされるような沼地生まれの人間じゃないんだよ！　あたしゃ由緒ある〈青雌鶏のヒヨコ〉なんだ！』って。だからそれで台所の邪魔物をどかして自分でヘンリーに包帯を巻いてくれたんです。あたしもね、頭に来るとおんなじ科白を言うんですよ。

そのうちに、あたしの女主人が破産しまして、ニガーをみんな売らなくちゃならないって言い出しまして。リッチモンドであたしらみんな競売にかけられると聞きまして、こりゃ大変！　それがどういうことか、わかりましたからね」

話が乗ってくるとともに、レイチェル小母さんはだんだんと段を上がってきて、いまではもう私たちの上にそびえ立ち、星空を背景に黒い姿を浮かび上がらせていた。

「あたしたちは鎖につながれて、このポーチくらいの高さの台に立たされました——六メートルくらいありましたかねえ——それで大勢周りに立ってるわけです。ものすごい人だかりです。で、みんなのぼって来て、あたしたちをじろじろ見回して、腕をつねったり、立たせて歩かせたりして、『こいつは歳とりすぎだ』とか『こいつは脚が悪い』とか『こいつは大したことないな』とか言ってるんです。で、あたしの亭主は売られて連れていかれて、次は子供たちも一人また一人と売られて連れていかれて、あたしが泣き出すと男が『うるせえ、ギャアギャア泣くんじゃねえ』って言ってあたしの口をひっぱたきました。子供たちがどんどん連れていかれて、あとは可愛いヘンリー一人になっちまうと、あたしはあの子をぎゅっと抱きよせて、立ち上がって『この子は離しません』って言ったんです。『この子に触った人は殺します！』って。けれどあたしの可愛いヘンリーはこうささやいたんです、『おれ、逃げ出して、働いて、母さんの自由を買うよ』って。ああ、ほんとにいい子でしたよ、根っから優しい子でした！　だけど結局あの子も売られちまいました。売られて、連れていかれました。むろんあたしもそいつらの服をさんざん引き裂いて、鎖で頭をぶん殴ってやりました。むろん向こうも殴り返しましたけど、そんなのはへっちゃらでした。

亭主はいなくなって、子供たちもみんな、七人ともいなくなって、うち六人はその後いまだに見てません、こないだのイースターでもう二十二年になりますけど。あたしを買ったのはニューバーンの方《かた》で、あたしもそこに連れていかれました。やがて時は流れて、戦争がはじまりました。あたしの主人は南軍の大佐でして、あたしは一家の料理人でした。それで、北軍に町を占領されると、みんな逃げ出して、あたしは一人、ほかのニガーたちと一緒に、そのおそろしく大っきな屋敷に残されたんです。で、北軍の偉い将校たちがそこに移ってくると、我々の料理人になるかねってあたしに訊《き》くんです。『いいですとも、こっちはそれが仕事ですから』ってあたしは言いました。

この人たちは雑魚《ざこ》の下《した》っ端《ぱ》将校なんかじゃありませんでした。最高に偉い方々だったんです。兵隊連中が、そりゃもうへいこらして！　将軍様があたしに、厨房《ちゅうぼう》は君に任せるよって言ってくださいまして、『誰かが余計なこと言ってきたら、おととい来やがれって言ってやんなさい。怖がらなくていい、君は味方と一緒なんだから』っておっしゃってくださったんです。

それで、あたしは思ったんです。あたしの可愛いヘンリーに、もしちょっとでも逃げ出すチャンスがあったら、きっと北部へ逃げるにちがいないって。それである日、偉い将校の方々が集まってらっしゃる客間に入っていきまして、膝《ひざ》を曲げてこう、お辞儀しまして、ヘンリーのことをお話ししたんです。皆さんあたしの身の上話を、あたしが白人みたいに聞いてくださるんです。それであたしは、『ここへ参りましたのは、もしあの子が逃げ出して、旦那様《だんなさま》方がお住まいの北部に行ったとしたら、皆さんあの子のことをどこかでお見かけになってらして、それを伺えばあの子を探しに行けるんじゃないかと思いまして。まだすごく小さい子でした。左の手首とおでこのてっぺんに傷があるんです』と申し上げました。そしたら皆さん暗い顔になられて、将軍様が『離ればなれになって何年経《た》つ？』っておっしゃるんで『十三年です』ってお答えしましたら、将軍様が『じゃあもう小さい子じゃないだろう——立派な大人さ！』とおっしゃったんです。

そんなこと、考えてもみませんでした！　あたしにとっては、あの子はいまも、あのチビの坊やだったんです。大きくなって一人前になってるなんて、考えてもみませんでした。でもそう言われてやっとわかりました。で、あの子に出会われた旦那様は一人もいらっしゃらなくて、あたしを助けてくださろうにも何もできませんでした。

でもその間、あたしは知りませんでしたけどヘンリーはほんとに北部に逃げてたんです——もう何年も前に。床屋をしていて、ちゃんと自分の店を持っていました。やがて戦争になると、あの子は決めたんです、『もう床屋はやめだ。母さんを探しに行こう、まだ死んでなかったらきっと見つけるんだ』って。それで店を処分して、兵隊を募集してるところに行きまして、ある大佐の召使いになったんです。そこらじゅうの戦いを生き抜きながら、あの子は母親を探して回りました。雇い主の将校が次々替わっても、南部を隅から隅まで探しました。でもあたしはそんなこと全然知りません。知るわけありませんよね。

そのうちある晩、大がかりな兵隊の舞踏会がありまして。ニューバーンの兵隊ときたら年じゅう舞踏会やら何やらで騒いでるんです。あたしの厨房《ちゅうぼう》でもしょっちゅうやってました。何しろすごく広い厨房でしたから。あたしはね、ああいう騒ぎには反対でしたよ——こっちは将校の皆さんにお仕えしてるんですから、ああいう下っ端の兵隊どもに厨房ではしゃぎ回られるなんて、癇《かん》に障《さわ》るったらありません。あたしはいつもしっかり見張って、馬鹿騒ぎが行き過ぎないようにしてました。時どき堪忍袋《かんにんぶくろ》の緒が切れて、一人残らず追い返してやりましたよ！

で、ある晩に——金曜の夜でした——屋敷を警備しているニガーの小隊がまるごとやって来まして――屋敷は本営になってたんです――これには頭に来ましたねえ！　怒ったかですって？　あたしゃもう破裂寸前でしたよ！　体がぐんぐん膨れ上がってね、こいつらさっさと何かしでかしてくれないか、そうすりゃ叩《たた》き出してやれるのにって思ってましたよ。みんなワルツやって、ダンスやって！　ったく！　えらい上機嫌でした！　こっちはますます膨らむばっかりで！　じきに、えらくおしゃれな若いニガーの男が一人、さっそうと部屋に入ってきましてね、肌の黄色い娘の腰を抱いてまして、二人でぐるぐるぐるぐる回ってるんです、見てるだけでくらくら酔っちまいます、で、あたしの前に来ましたら、なんかこう止まって、片脚で立って、もう一方の脚で立って、あたしの大きな赤いターバン見てニヤニヤ笑って、物笑いにするもんですから、あたしももう黙ってられません、『さっさと出ていきな、クズども！』って言ってやりました。そしたら若い男の顔がさっと、一秒ばかり変わったんですが、またすぐ笑顔に戻りました。そうしてこのへんで、楽隊をやってるニガーが何人か入ってきまして、こいつらときたらいつもかならず威張らないと気が済まないんです。で、この晩も例によって威張り出したとたん、思いっきりどやしつけてやりました！　だけど向こうはゲラゲラ笑うばっかりで、あたしはますます頭に来ました。ほかのニガーたちも笑い出して、もうほんとにカッカしましたよ！　目がギラギラ燃えて！

すっと背をのばしましてね、ちょうどこんな感じにです、ぴんと天井まで届くって勢いでね、両のこぶしを腰に当てて言ってやったんです、『いいか、よく聞きな！ あんたらニガーに言っとくけどね、こちとらクズどもに馬鹿にされるような沼地生まれの人間じゃないんだよ！ あたしゃ由緒ある〈青雌鶏のヒヨコ〉なんだ！』。そうしたら例の若者がぽかんと凍りついたみたいに立ってまして、何か忘れたことがあるんだけどもう思い出せないみたいな顔で、天井を見上げてるんです。あたしはもう将軍みたいにニガーどものなかに突進していきまして、そしたらみんな散りぢりになって部屋から逃げていきました。で、その若者が出ていきながら、ほかのニガーに言ってるのが聞こえたんです、『ジム、先に行って、俺は朝八時ごろ伺いますって大尉《たいい》に伝えてくれないか。ちょっと考えたいことがあるんだ。今夜はもう眠れないよ。先に行ってくれ、しばらく一人になりたいんだ』

これが午前一時のことでした。七時ごろ、あたしはもう起きて将校の皆さんの朝ご飯を作ってました。竈《かまど》の前にかがみ込んでまして――ちょうどあなた様のその足が竈だと思っていただければ――右手で竈の扉を開けまして、また押して閉じたんです、ちょうどあなた様のその足を押すみたいにです、手には焼き立ての丸パンの並んだ鉄板を持ってまして、いまにも起き上がろうってとこで、あたしの顔の下に、黒い顔がぬっと現われまして、その目があたしを見上げてるんです、ちょうどいまあたしがあなた様の顔のすぐ下から見上げてるみたいにです。あたしは凍りつきました――ぴくりとも動きませんでした！　ひたすら見つめて、見つめて、鉄板が震え出して、突然あたしはわかったんです！　鉄板が床に落ちて、あたしはその子の左手をつかんで袖《そで》をめくり上げました、そうです、いまあなた様にやってるみたいにです――それから今度は、額の方はどうかと髪を押し上げまして、あたしは言ったんです、『坊や！　間違いない、あたしのヘンリーだね、手首にみみずばれがあって、おでこにあざがあって！　ああ神様、有難や、とうとう子供にめぐり逢《あ》った！』

そうですとも、ミスタC――、あたしは辛い目になんか遭っちゃいません。そして楽しい目にも！」

（一八七四年十一月）

盗まれた白い象

本稿は『赤毛布外遊記《あかげっとがいゆうき》』に収められる予定であったが、誇張、虚偽と懸念された箇所がいくつかあったため同書から外された。この嫌疑が無根拠と判明した時点では、『赤毛布』はすでに印刷に付されていた。

――M．T．

I

以下の奇妙な物語は、たまたま汽車で乗りあわせた人物が私に語ってくれたものである。この人は七十を越えた紳士で、どこまでも善良そうな優しい顔と、ひたむきで誠実な態度からして、その口から発せられる陳述はすべて、真実の紛《まご》うかたなき印が刻まれていると思えた。紳士は以下のように語った――

シャムの王が所有する白い象に、彼《か》の国の民がどれだけ敬意を抱いているかは貴方《あなた》もご存じでしょう。象は王たちにとっても神聖で、王のみが象を所有でき、名誉のみならず崇拝も受けていてある意味では王より高い地位にあることもご存じですよね。結構。五年前、大英帝国とシャム国のあいだで国境線に関して問題が生じ、落度はシャムの側にあることがじき明らかになりました。そこで、あらゆる償《つぐな》いが早急に為《な》され、イギリス側の代表者も、これでよろしい、過去は水に流すと言ってきました。シャムの王は大いに安堵《あんど》し、ささやかな感謝のしるしとして、かつ、イギリスがいまだ抱いているかもしれぬ不快感を最後の痕跡《こんせき》まで消し去ろうと、女王に贈り物をすることに決めました。東洋の発想では、これが敵を宥《なだ》める唯一《ゆいいつ》確実な方法なのです。この贈り物は、王らしいというにとどまらず、並外れて王らしいものでなくてはなりません。となれば、白い象以上にそぐわしい捧《ささ》げ物がほかにあるでしょうか？　そして、インド行政の中心的立場にある者として、この私が、女王様に贈り物を届ける名誉ある役割に最適ということになりました。私、私の召使い、官吏《かんり》、象の世話係等々を乗せる船が用意され、我々はやがてニューヨークの港に着き、シャム王からの預かり物をジャージーシティの立派な獣舎に入れました。旅を再開する前に、しばらく留《とど》まって象の元気が回復するのを待つ必要があったのです。

二週間はすべて順調でしたが、ここから私の災難が始まりました。白い象が盗まれたのです！　私は真夜中に呼び出されて、この恐ろしい不運を知らされました。少しのあいだ恐怖と不安に気も狂わんばかりでした。私は途方に暮れました。やがて落着きを取り戻し、気を取り直しました。取るべき道もじきに見えました。実際、まともな頭の持ち主であれば取りうる道はひとつしかなかったのです。もう遅い時間でしたが、私はニューヨークに飛んでいき、警官をつかまえて刑事課本部へ案内させました。

幸い、何とか間に合いました。誰もが知る刑事課の長ブラント警視が、ちょうど帰宅寸前だったのです。警視は中肉中背の引き締まった体格で、じっくり考え込むと眉《まゆ》を寄せて考え深げに指で額をとんとん叩《たた》くのが癖で、それを見た者はたちまち、この人はそんじょそこらの人間とは違うという確信を抱くのでした。彼の姿を目にしただけで私は自信を取り戻し、希望も湧《わ》いてきました。私は用件を述べました。相手は少しも動じませんでした。その鉄のごとき沈着ぶりは見たところ何の変化もなく、犬を盗まれましたと告げられたのと変わらぬ様子でした。警視は椅子《いす》を指して私を座らせ、落着いた口調で言いました――

「しばし考えさせていただきます」

そう言って自分の机に座り、頬杖《ほおづえ》をつきました。部屋の反対側では事務員が何人か作業をしていて、その後の六、七分は、彼らが動かすペンのゴリゴリという音以外は何も聞こえませんでした。その間警視は、じっと座って考えに没頭していました。ようやく顔を上げると、その顔に確固と刻まれた皺《しわ》は、彼の脳が仕事を終えたこと、いまや計画は出来上がったことを伝えていました。警視は言いました。その声は低く、堂々としていました――

「これは並の事件ではありません。万事慎重に事を進めねばなりません。一つひとつの問題を確実に処理し、次の一歩に進まないといけません。そして万事秘密にせねばなりません——厳重な、絶対の秘密を保たないといけません。この件は誰にも、新聞記者にすら漏らしてはなりません。記者たちは私が対処します。知らせた方がこちらにとって得策な情報だけ流すのです」。警視はベルに触れた。一人の若者が現われた。「アラリク、記者たちに当面待機しているよう伝えてくれ」。若者は退室した。「さて、本題に入りましょう。万事、系統立てて進めないといけません。この稼業《かぎょう》では、厳密にして仔細《しさい》な方法なくしては何も成し遂げられないのです」

警視はペンと紙を出した。「さて——象の名前は？」

「ハッサン・ベン・アリ・ベン・セリム・アブダラ・モハメッド・モイゼ・アルハマル・ジャムセトジェジーブホイ・ドゥリープ・スルタン・エブ・ブドプールです」

「結構。ファーストネームは？」

「ジャンボ」

「結構。出生地は？」

「シャム国首都」

「両親は存命ですか？」

「いいえ、他界しました」

「きょうだいは？」

「いません。一人っ子でした」

「結構。この種の事柄に関しては十分です。では、象の外見を説明してください。いかなる細部も省かないでください。どんなに無意味な点もです――すなわち、貴方の視点から見て無意味ということですが。私の職業に従事する者にとって、無意味な細部などひとつもありません。そんなものは存在しないのです」

私は説明し、警視が書きとりました。説明が終わると、警視は言いました――

「では、聞いてください。何か間違いがあったらご指摘ください」

警視は次のように読み上げました――

「身長、19フィート。額の頂点から尻尾《しっぽ》の根元まで、26フィート。鼻、16フィート。尻尾、6フィート。鼻と尻尾を含めた全長、48フィート。牙《きば》、9フィート半。耳もこれに対応する長さ。足跡は樽《たる》をひっくり返して雪の上に置いた跡に類似。体の色、鈍い白。それぞれの耳に、装飾品を付けるための穴あり。見物人に水を吹きかける癖、また、知り合いのみならず赤の他人まで鼻で虐待《ぎゃくたい》する癖甚《はなはだ》し。右のうしろ足がやや不自由、左の腋《わき》の下に出来物の名残《なごり》の小さな瘢痕《はんこん》。盗難時は十五人を収容するやぐらを載せ、通常の絨毯《じゅうたん》大の金襴《きんらん》の鞍敷《くらじき》を着用していた」

間違いはありませんでした。警視はベルに触れ、アラリクに説明書きを渡して、言いました――

「これをすぐに五万枚印刷して、大陸じゅうの刑事課と質屋に郵送したまえ」。アラリクが退室しました。「さて――ここまでは万事順調です。次に、盗難品の写真が要ります」

私は一枚の写真を渡しました。警視はそれを厳《きび》しい目で吟味し、言いました。

「もっとましなのがなければこれで間に合わせるしかありませんが、鼻を丸めて口のなかにたくし込んでいますね。これは具合が悪い。誤りにつながりかねません。何と言っても、ふだん鼻はこの位置にないわけですから」。警視はベルに触れました。

「アラリク、この写真の写しを朝一番で五万枚作って、説明書きと一緒に郵送したまえ」

アラリクは指令を実行すべく退室しました。そして警視は言いました――

「むろん報奨金《ほうしょうきん》を出す必要があります。さて、額は？」

「どのくらいがよろしいでしょう？」

「まず手始めに、そうですな、二万五千ドルというところでしょうか。込み入った、厄介な事件ですからね。逃走経路も、盗んだ品を隠す手段も無数にあります。この盗賊どもはいたるところに友人や仲間がいて――」

「何と、犯人が誰だかご存じなのですか？」

用心深い、内なる思考と感情を隠すことに長《た》けた顔は何の兆候《ちょうこう》も示さず、ごく静かに発された返答も同様でした――

「それについては気になさるに及びません。私は犯人を知っているかもしれないし、知らないかもしれない。概して私どもは、その仕事の手口と、求める獲物の規模から、誰が犯人なのか、相当に鋭く見当がつくのです。これはそこらの掏摸《すり》やこそ泥ではありません――そこは覚悟していただきたい。新米がくすねた、などという話ではないのです。ですがとにかく、さっきも言いかけましたとおり、必要となる移動の規模や、盗賊どもがさぞ手間をかけて足跡を消すにちがいないことなどを考えますと、二万五千ドルでは安すぎるかもしれないのですが、まあとりあえずはそれで始めましょう」

かくして私たちは、ひとまずその額に決めました。それから、手がかりとなりうるものは何ひとつ見逃さぬこの人物は、次のように言いました――

「犯罪捜査の歴史においては、食の好みがきっかけとなって犯人逮捕に至った事例もあります。さて、この象は何を、どれくらい食べるのですか？」

「ええと、何を食べるかは――何でも食べます。人間も食べますし、聖書も食べます。

人間と聖書のあいだのものもすべて食べます」

「結構、大変結構、ただ少し漠然としすぎていますな。細部が必要です。私どもの稼業では細部こそ唯一価値があるのです。結構、では人間について。一度の食事で、あるいは一日でも構いませんが、何人食べるでしょうか――新鮮だとして？」

「新鮮かどうかは気にしませんね。一回の食事で、まあ普通の人間を五人食べるでしょうね」

「結構。五人、と。しっかり書き留めますよ。国籍の好みは？」

「国籍も気にしません。知り合いの方《ほう》が好みですが、赤の他人にも偏見はありません」

「結構。では、聖書について。一度に聖書を何冊食べますか？」

「旧約新約、一揃《ひとそろ》い食べますね」

「もっと正確に言っていただかないと。それは並の八折判《やつおりばん》ですか、それとも家族向けの挿絵入りですか？」

「挿絵には興味がないと思いますよ。つまり、挿絵を文字より有難がるということはないと」

「いえ、そういうことではありません。かさの問題なのです。並の八折判聖書は重さ一キロちょっとですが、挿絵入りの大型四折判は五キロから六キロあります。ドレの絵入り聖書なら一食で何冊行きますか？」

「この象をご存じでしたら、そういう質問はなさらないでしょうよ。とにかく与えられたものは何でも食べるんです」

「では、ドルとセントに換算しましょう。何かの数字にはしないといけませんから。ドレの聖書は、ロシア革、面取りで一冊百ドルです」

「なら五万ドル分くらい要りますね——五百部というところでしょうから」

「だいぶ正確になってきました。それも書き留めます。結構。人間と聖書を好む、と。ここまでは万事順調。ほかに何を食べますか？　詳細を聞かせてください」

「聖書より煉瓦《れんが》を好みますし、煉瓦より壜《びん》を好みますし、壜より衣服を好みますし、衣服より猫を好みますし、猫より牡蠣《かき》を好みますし、牡蠣よりハムを好みますし、ハムより砂糖を好みますし、砂糖よりパイを好みますし、パイよりジャガ芋を好みますし、ジャガ芋より糠《ぬか》を好みますし、糠より干し草を好みますし、干し草より烏麦《からすむぎ》を好みますし、烏麦より米を好みますね、主に米を食べて育ちましたから。これは食べないというのは、ヨーロッパ産のバター以外にはありません。それだって味見できたら食べると思いますよ」

「結構。一度の食事量は、だいたい――」

「えー、四分の一トンから二分の一トンでしょうか」

「飲むのは――」

「液体なら何でも飲みます。牛乳、水、ウィスキー、糖蜜《とうみつ》、ヒマシ油、カンフェン、石炭酸――細かく言ってもきりがありません。思いつかれた液体、何でもいいですから書き留めてください。液状のものならすべて飲むんです、ヨーロッパ産のコーヒー以外は」

「結構。量は？」

「五バレルから十五バレル、としておいてください（おおむね千リットルから三千リットル）。喉《のど》の渇きは変わるんです。食欲は変わらないんですが」

「その点は普通と違っていますな。追跡する上で有力な手がかりになるはずです」

警視はベルに触れました。

「アラリク、バーンズ警部を呼んでくれ」

バーンズが現われました。ブラント警視は一切を事細かに伝えました。それから、頭のなかで計画がはっきり出来上がっている、かつ命令することに慣れている人間の明快で確固たる口調で言いました――

「バーンズ警部、ジョーンズ、デイヴィス、ハルジー、ベイツ、ハケット刑事に象を追わせたまえ」

「かしこまりました」

「モーゼズ、デイキン、マーフィ、ロジャーズ、タッパー、ヒギンズ、バーソロミュー刑事に盗賊を追わせたまえ」

「かしこまりました」

「強力な警備隊を組織して——選《え》り抜きの警備要員を三十人、交代要員が三十人だ——象が盗まれた場所に配置したまえ。昼夜を通し厳重に見張らせて、私の直筆《じきひつ》許可証のない者は、新聞記者以外誰も近づけてはいけない」

「かしこまりました」

「私服刑事を鉄道、蒸気船、渡し船発着所、ジャージーシティから外に出るすべての道路に配置して、疑わしい人物はすべてボディチェックさせたまえ」

「かしこまりました」

「刑事たち全員に象の写真と説明書きを与えて、すべての汽車、よそへ行く渡し船をはじめすべての船舶を捜索させたまえ」

「かしこまりました」

「象が見つかったら捕獲して、電報で私に情報を送るよう伝えたまえ」
「かしこまりました」
「何か手がかりが見つかり次第すぐに私に連絡させたまえ——象の足跡、その他いかなる手がかりも」
「かしこまりました」
「沿岸を厳重に巡回するよう湾岸警察に指示した命令書を発行してもらいたまえ」
「かしこまりました」
「私服刑事をすべての鉄道に張り込ませたまえ、北はカナダまで、西はオハイオ、南はワシントンまで」
「かしこまりました」
「すべての電報局に専門家を配置してすべての通信を傍受《ぼうじゅ》させ、暗号で送られたメッセージはすべて解読されて彼らの許《もと》に送られるよう手配したまえ」
「かしこまりました」
「これらすべてを厳重に秘密裡《り》のうちに進めたまえ——いいか、決して誰にも知られぬようしっかり秘密を護《まも》るのだぞ」
「かしこまりました」

「いつもの時間にすみやかに戻ってきたまえ」

「かしこまりました」

「行け！」

「かしこまりました」

警部は行きました。

ブラント警視はしばし沈黙し、考え深げでした。その間《かん》、目の炎が鎮《しず》まり、消えました。それから警視は私の方に向き直り、穏やかな声で言いました——

「私は自慢するたらではありません。そういう習慣はありません。ですが——象は見つかりますよ」

私は彼としっかり握手し、感謝の言葉を述べました。その感謝は心からのものでした。見れば見るほど、私はこの男がますます気に入り、ますます彼に感嘆し、彼の職業に備わる神秘に賛嘆の念を禁じえませんでした。こうして私たちは暇乞《いとまご》いを交わし、私は彼の執務室に入ってきたときよりはるかに明るい心を抱えて家路に就いたのでした。

II

翌朝の新聞各紙には、ごく仔細《しさい》な事柄まですべて載っていました。そればかりか、昨日は話題にならなかったことまでつけ加わっていました——盗難がどのように為されたか、盗人《ぬすっと》は誰か、獲物を携えて彼らがどこへ逃げたかをめぐる刑事甲、刑事乙、刑事丙等々の「推理」です。推理は全部で十一あり、あらゆる可能性を網羅していました。この事実からだけでも、刑事たちがいかに独自の思考を行なう人種かがわかろうというものです。二つとして同じ推理はなく、たがいに似ているものすらありませんでしたが、ただしある際立《きわだ》った一点においては、十一の推理すべてが完全に一致していました。すなわち、犯行が行なわれた建物が破壊され、唯一のドアは鍵《かぎ》がかかったままだったにもかかわらず、象はその破壊された裂け目から出されたのではなく、何かほかの（いまだ未発見の）出入口から出されたのだというのです。裂け目は刑事たちの目を欺《あざむ》くために作ったにすぎない、という主張に関して全員が一致しておりました。こんなことは私には絶対思いつかないし、ほかのいかなる素人《しろうと》にも思いつかなかったでしょう。これだけは唯一何の謎《なぞ》もないと私が思っていた点が、実はもっとも甚しく惑わされた点であったわけです。十一の推理はいずれも、犯人と考えられる者たちの名を挙げていましたが、二つとして同じ名を挙げてはいませんでした。名の挙がった人物は総計二十七名でした。記事の中身は新聞ごとにそれぞれ違っていましたが、締めくくりにはどれも、もっとも重要な見解が報じられていました。すなわち、ブラント警視の見解です。その陳述の一部は次のようになっていました――

「二人の主犯が誰なのか警視は知っていて、それは『ブリック』・ダフィと『レッド』・マクファデンである。犯行が為された十日前、警視はすでに、これが実行されようとしていることを察知し、これら名うての悪漢二人の動向をひそかに追っていたが、あいにく問題の晩にその足跡《そくせき》が見失われ、ふたたび見出《みいだ》されたときすでに鳥は――というより象は――逃げてしまっていたのである。

ダフィとマクファデンは泥棒稼業に携わる誰よりも大胆不敵な悪党である。昨冬のひどく寒かったある晩、刑事課本部のストーブを盗み出したのもこの二人だと警視は睨《にら》んでいる。この盗難の結果、警視をはじめ居合わせた全員が、夜の明ける前に医者にかかる破目になった。ある者は足が凍え、ある者は指、耳、その他の部分が凍えたのである」

この箇所の前半を読んだとき、この不思議な人物の驚くべき叡智《えいち》に私はますます魂《たま》消《げ》てしまいました。透徹《とうてつ》した目で現在のすべてを見通すのみならず、この男を前にしては未来すら隠せはしないのです。私はまもなく彼の執務室に着き、この男たちをあらかじめ逮捕してくださっていたらよかったのに、そうすればこんな厄介も損害も生じずに済んだものを、と口にせずにいられませんでした。けれども、これに対する警視の返答は、単純にして反駁《はんばく》不可能なものでした――

「私たちの職分は犯罪を妨げることではなく、罰することとです。犯罪が為されるまでは罰することもできません」

秘密裡に事を始めたはずが、新聞に台なしにされてしまいましたねと私は言いました。事実のみならず、計画や目的まで暴露されてしまったし、犯人と疑われた人物全員の名まで明かされてしまったのですから。これで彼らはきっと、変装するなり姿をくらますなりするでしょう。

「させておけばいいのです。こっちの支度が調《ととの》ったら、彼らの隠れ家を私は急襲するのです、運命の手に劣らず容赦なく。新聞に関しては、ぜひとも仲よくしておかねばなりません。名声、評判、たえず公《おおやけ》に名が出ること、それこそが刑事の糧《かて》なのですから。事実は公表するしかありません、さもないと何も事実がないと思われてしまいます。推理も発表しなくてはいけません、刑事の推理ほど奇怪で人目を惹《ひ》くものはありませんし、これほど驚嘆混じりの敬意を集めるものもまたとないのです。計画も公にしないといけません、新聞記者連中が教えろとうるさいですからね、断ったら気を悪くされてしまいます。何をやっているのか大衆にもたえず知らせねばなりません、さもないと何もしていないと思われてしまいます。『ブラント警視の独創的にして非凡なる推理は次のとおりである』と書いてもらった方が、何かきついことを言われたり、もっと悪いことに嫌味を言われたりするよりずっと気持ちがいいものです」

「おっしゃることはわかります。ですが今朝《けさ》の新聞に載った発言を拝見すると、ある些細《ささい》な点に関しては見解を明かすことを拒んでいらっしゃるじゃありませんか」

「ええ、こういう場合つねにそうするのです。これは効き目があります。それにどのみち、あの点に関してはまだ何も見解がありませんでしたから」

私は相当の額の金を経費として警視に渡し、腰を据えて報《しら》せを待ちました。いまにも電報が次々届きはじめるものと私たちは予期していたのです。待ちながら新聞と、象の外見を説明した配布文書を読み直すと、二万五千ドルの報奨金が刑事のみを対象としているらしいことに目が止まりました。私は警視に、これは象をつかまえた人間誰にでも与えられるべきではないでしょうか、と言ってみました。すると警視は言いました――

「象を見つけるのは刑事です。したがって報奨金はしかるべき者に与えられるのです。もし他人が象を見つけたとしても、それは刑事たちのやっていることを見ていて、彼らから手がかりや取っかかりを盗んで利用した結果でしかありません。だとすれば報奨金を得る権利はやはり刑事にあるのです。報奨金の正しい役目は、この種の仕事に多大な時間を割《さ》き、訓練に裏打ちされた叡智を注ぐ者たちを鼓舞《こぶ》することであって、自らの能力や努力に依《よ》ったわけでもなくたまたま捕獲に至った一般市民を利することではありません」

たしかにもっともな議論ではあります。と、部屋の隅の電報器がカチカチ鳴りはじめ、以下のメッセージが届きました――

ニューヨーク州フラワーステーション　午前7時30分

手ガカリ発見。近辺ノ農場ニ深イ足跡ノ連ナリ見ツカル。東ヘ二マイル行ケド甲斐《カイ》ナシ。象ハ西ヘ行ッタト思ワレル。今カラ西ヘ追ウ。

刑事、ダーリー。

「ダーリーは課でも指折りの切れ者です」と警視は言いました。「きっとじきまた連絡がありますよ」

電報第二信が来ました——

ニュージャージー州バーカーズ　午前7時40分

イマ到着。夜間一当地ノガラス工場ガ押シ入ラレ、壜八百本奪ワレル。コノ近辺デ大量ノ水ハ五マイル先ニアルノミ。ソチラヘ直行スル。象ハ喉ガ渇イテイルハズ。壜ハスベテ空ニナッテイタノデ。

刑事、ベイカー。

「これも有望だ」と警視は言いました。「言ったでしょう、食の好みも悪い手がかりではないと」

第三信——

ロングアイランド、テイラーヴィル、午前8時15分

近辺ノ乾草《ホシクサ》ノ山ガ夜間ニ消滅。恐ラク食ベラレタモノト思ワレル。手ガカリアリ、

ソチラヘ向カウ。

刑事、ハバード。

「よく動く象だなあ!」と警視は言いました。「厄介な仕事と承知してはいたが……ですがいずれつかまえますよ」

ニューヨーク州フラワーステーション、午前9時

足跡ヲ西ヘ三マイル辿《タド》ル。大キク、深ク、ギザギザノ足跡。或《ア》ル農夫ニ出会ッタトコロ象ノ足跡デハナイトノ言《ゲン》。昨年冬ニ地面ガ凍ッタ際、日除《ヒヨ》ケノ木ニセント若木ヲ掘リ出シタ跡ト主張。ドウ対処スベキカ、指示乞《コ》ウ。

刑事、ダーリー。

「ハハーン! 犯人どもが連《つる》んでおるのだな! 近づいてきたぞ」と警視は言った。

そして以下の電報をダーリーに送った——

男ヲ逮捕シ仲間ノ名ヲ吐カセヨ。引キ続キ足跡ヲ辿レ——必要トアラバ太平洋マデ

モ。

ブラント警視。

次の電報――

ペンシルヴェニア州コニーポイント、午前8時45分

当地ノガス会社ガ夜間ニ押シ入ラレ三カ月分ノ未払イガス代請求書ガ奪ワレル。手ガカリアリ、ソチラヘ向カウ。

刑事、マーフィー。

「何と！」と警視は言いました。「ガス代請求書も食べるのですか？」

「ありえますね、知らずに食べることは。ですが請求書では生命は維持できません。少なくとも、それだけでは」

そして画期的《かっきてき》な電報が届いた――

ニューヨーク州アイアンヴィル、午前9時30分

イマ到着。村ジュウ愕然《ガクゼン》。今朝五時ニ象ガ当地ヲ通過。東ヘ行ッタト或ル者ハ言イ、

西へ行ッタ、北へ行ッタ、南へ行ッタト言ウ者モアリ。ガ、ジックリ待ッテ確カメタト言ウ者ハ一人モナシ。象、馬ヲ一頭殺ス。馬ノ一部ヲ手ガカリトシテ確保。鼻デ殺シタ模様。殴打《オウダ》ノ具合カラ見テ、左カラパンチヲ浴ビセタト思ワレル。馬ノ倒レタ位置カラ見テ、象ハ北へ、バークリー鉄道ニ沿ッテ去ッタト思ワレル。四時間半遅レヲ取ッタガスグニ後ヲ追ウ。

刑事、ホーズ。

私は喜びの叫びを上げました。警視は彫像のように沈着そのものでした。落着き払ってベルに触れました。

「アラリク、バーンズ警部をここへ」

バーンズが現われた。

「即刻出動できる者は何人いる？」

「九十六名です」

「全員ただちに北へ行かせたまえ。アイアンヴィルの北の、バークリー鉄道沿いに集中させたまえ」

「かしこまりました」

「厳重に秘密裡に事を進めるよう命じたまえ。ほかの者たちも手が空き次第、待機させたまえ」

「かしこまりました」

「行け！」

「かしこまりました」

まもなくもう一通電報が来た――


ニューヨーク州セージコーナーズ、午前10時30分

イマ到着。象、8時15分ニ当地ヲ通過。町民ハ警官一名ヲ除キ全員避難。象ハ警官デハナク街灯柱ニ打チカカッタ模様ダガ、結果トシテ両者トモ仕留メタ。警官ノ一部ヲ手ガカリトシテ入手。

刑事、スタム。

「では西へ行ったのだな」と警視は言いました。「だが逃げられはしないぞ、西なら地域一帯に部下を送り込んであるから」
次の電報はこうだった――

グローヴァーズ、11時15分

イマ到着。村ハ病人ト老人以外ハ皆避難。象ハ四十五分前ニ通過。折シモ反禁酒集会ガ進行中、象ハ窓カラ鼻ヲ突ッ込ミ貯水池ノ水デ集会ヲ洗イ流ス。水ヲ飲ンダ者モアリ――ノチニ死亡。溺死者《デキシシャ》モ数名。クロス、オショーネシー両刑事ガ町ヲ通過中ナガラ南ヘ向カッテイタタメ象ヲ見逃ス。周囲何マイルモ、地域一帯ガ恐怖ニ包マレ、人々ガ家ヲ捨テ逃ゲテイル最中。ドチラヘ向カッテモ象ニ出クワシ、死傷者多数。

刑事、ブレアント。

――

大惨事に胸が痛んで、私は涙が出そうでした。けれど警視はこう言うだけでした――

「ね、近づいてきましたよ。象も私たちがいるのを感じているんです。また東へ向かいましたよ」

しかし、さらに心痛む報せが待ち受けていました。電報がこう告げました――

ホーガンポート、12時19分

イマ到着。象ガ30分前ニ通過、スサマジイ恐怖ト興奮ヲ引キ起コス。街路ヲ暴レ回リ、通リカカッタ配管工二名ノウチ一名ガ殺サレ一名ハ退避。誰モガ悲嘆ニ暮レテイル。

刑事、オフラーティ。

「私の部下たちに包囲されたぞ」と警視は言いました。「もう逃げられるものか」

ニュージャージー、ペンシルヴェニアじゅうに散らばった刑事たちから電報が続々届きました。破壊された納屋《なや》、工場、日曜学校図書室などから成る手がかりを誰もが辿っていて、大いに望みを、ほとんど確信を抱いている様子でした。警視は言いました——

「この者たちに連絡して東へ向かうよう命じたいところですが、それは不可能です。刑事は自分の報告を送るためにしか電報局に足を運ばず、送ったらすぐまた立ち去ってしまい、どこにいるのかこちらからは把握できないのです」

そしてこの報せが来た——

コネチカット州ブリッジポート、12時15分バーナム（著名なサーカス興行師）ヨリ連絡アリ、現時点カラ刑事ニヨリ発見サレル時点マデ象ヲ広告媒体トシテ用イル独占権ニ年四千ドルヲ提示。体ニサーカスノポスターヲ貼《ハ》リタイ模様。即刻指示送ラレタシ。

刑事、ボッグズ。

「何て馬鹿《ばか》な話だ！」と私は叫びました。

「もちろんですとも」と警視は言いました。「どうやらバーナム氏、自分では切れ者のつもりかもしれんが、私のことを知らないと見える。だがこっちは向こうを知っています」

そして彼は返信を口述させた——

バーナム氏ノ提案ヲ却下。七千ドルヲ提示セヨ。一銭モマカラヌ。

ブラント警視。

「これでよし。返事はじき来るはずです。バーナム氏は家にいません。電報局にいるのです。何か用件があるときはいつもそうですから。あと三分も——」

了解。——Ｐ・Ｔ・バーナム。

——と電報器のカチカチ音が割り込んできました。この驚くべき一件に私が口をはさむ間もなく、次の報せが届いて、私の思いは別の、ひどく痛ましい場へと移っていきました。

ニューヨーク州ボリヴィア、12時50分

象ハ南カラ当地ニ到着シ、11時50分ニ通過シテ森へ向カイ、途上、葬式ヲ蹴散《ケチ》ラシ、参列者ヲ二名減少リセル。住民ハ小型大砲ヲ発砲シ、ノチ避難。バーク刑事ト小生ハ十分後ニ北カラ到着セルモ、穴掘リノ跡ヲ足跡ト勘違イシ相当ナ遅レヲ取ル。ガ、ヨウヤク正シイ径路ニ行キ当タリ、象ヲ森へ追ウ。両手両膝《ヒザ》ヲツイテ足跡ヲ抜カリナク辿リ、バークヲ先頭ニ藪《ヤブ》ノ中マデ追ウ。生憎《アイニク》象ハ一休ミセント立チドマッタトコロデ、バークハ頭ヲ下ゲ一心ニ足跡ヲ見テイタタメ、象ガ間近ニイルコトニ気ヅカズ象ノ後ロ脚ニ衝突。バークハ即刻立チ上ガリ、尻尾ヲ摑《ツカ》ンデ、「報奨金ハ俺ノ――」ト歓喜ノ叫ビヲ上ゲルモソノ先ハ言ワズ――巨大ナ鼻ノ一撃ニヨッテ体ガ地面ニ飛散《ヒサン》シタタメ。小生ハ後方へ逃レ、象モ回レ右シテスサマジイ速サデ森ノ外レマデ小生ヲ追イ、モハヤ一巻ノ終ワリカト思ワレタガ幸イ例ノ葬式ノ残党ガ間ニ入ッテ象ノ気ヲソラシテクレル。モハヤ参列者ハ一人モ残ッテオラヌ旨《ムネ》、タッタイマ報セアリ。モットモ葬式ノ素材ナド世ニイクラデモ転ガッテイルガユエ損失ト言ウホドノコトモナシ。一方象ハフタタビ失踪《シッソウ》。

刑事、マルルーニー。

勤勉にして自信満々の刑事が全国に散らばり、誰もが新しい有望な手がかりを追っていたものの、これまでのところニュージャージー、ペンシルヴェニア、デラウェア、ヴァージニア以外から連絡はありませんでしたが、午後二時を過ぎてまもなく、この電報が届きました――

バクスターセンター、2時15分

サーカスノビラヲ体一面ニ貼ッタ象ガ当地ヲ通過シ、伝道集会ヲ蹴散ラシ、ヨリ善キ人生ニ入ル寸前デアッタ人多数ヲ殴打シ斃《タオ》セリ。住民ガ象ヲ囲イ込ミ、警備ガ立テラレル。ブラウン刑事ト小生ガヤヤアッテ到着シ、囲イノ中ニ入リ写真ト説明書キヲ用イテ象ノ特定作業ニ掛カル。ホボ全《スベ》テノ特徴ガ一致スルモ、腋《ワキ》ノ下ノ出来物ノ瘢痕ノミ見エヌタメ確認デキズ。コノ点ヲ明ラカニセントブラウンガ象ノ下ニ入リ込ムヤ、即刻脳天ヲ叩カレ、頭部ハ潰《ツブ》サレ破壊サレルモ残骸《ザンガイ》カラハ何モ得ラレズ。全員ガ逃ゲ、象モ同ジク逃ゲナガラ右ニ左ニ打チカカリ多大ナ影響ヲ及ボス。逃亡シ見失ワレルモ大砲ヲ受ケテ生ジタ血ノ跡ガ鮮明ニ残ル。再発見ハ確実。象ハ南ヘ向カイ、深イ森ヲ貫通。

刑事、ノレント。

これが最後の電報でした。夜になり、ひどく濃い霧が降りて、一メートル前の物体も見えなくなってしまいました。それが一晩じゅう続きました。渡し船はむろん、乗合い馬車も運行を中止せざるをえませんでした。

III

翌朝の新聞は、ふたたび刑事たちの推理を満載していました。悲劇的事実も詳細に報じ、また、記者が電報で送ってよこした更なる事実までふんだんに伝えていました。

何段も何段も記事は続き、三分の一くらい下がったところに派手な見出しが掲げられ、私は読んでいて胸が悪くなりました。全体の論調はこんな具合でした——

「白い象が野放し！　象、死の行進を続ける！　恐怖におののく住民が各地で村を放棄！　象の行くところ蒼《あお》ざめた怖《おそ》れが先導し、死と荒廃があとに続く！　その後、刑事たち登場。納屋が破壊され、工場は打ちこわされ、収穫は貪《むさぼ》り食われ、集会は蹴散らされ、筆舌に尽し難い殺戮《さつりく》の場面が！　担当の腕利《うでき》き刑事三十四名の推理を掲載！　ブラント警視の推理も！」

「これでよし！」とブラント警視は、ほとんど我を忘れ興奮して言いました。「素晴らしい！　これぞ刑事組織に降りかかりうる最高の棚ぼただ。名声が地の果てまで届き、時の果てまで続き、私の名もそこに残るのです」

けれど私には嬉《うれ》しいことは何もありません。あたかもこれら血に染まった罪を犯したのは自分であって、象は私の無責任な手先にすぎないような気がしました。そしていまや何と長いリストでしょう！　ある場所で象は「選挙に介入し、不正二重投票者《リピーター》を五人殺した」。続いてオドノヒューとマクフラニガンなる、「つい前日、万国の虐《しい》た げられし者たちの国に安住の場を見出し、この日初めて合衆国市民としての高貴な権利を投票所で行使せんとしていた二人の人物が、シャムから訪れた禍《わざわい》の無慈悲なる手にかかって打ち倒された」のです。またある場所で象は、「次の季節の訪れとともにダンス、芝居など、刃向かいもできぬものたちを雄々しく攻撃せんと画策《かくさく》していた狂える煽情《せんじょう》説教師を見つけ出し、その身を踏みつけた」。そしてまたある場所では「避雷針販売員を殺した」。かようにリストは続き、血はますます赤さを増し悲嘆はいっそう募っていきました。六十人が殺され、二四〇人が負傷しました。どの記事も刑事たちの活動と献身をしかるべく報じ、すべての記事が「三十万の国民と四人の刑事が恐るべきこの獣《けもの》を目撃し、刑事二人が最期《さいご》を遂げた」と締めくくっていました。

電報器がふたたびカチカチ鳴り出すのが私は恐ろしくなってきました。やがてまた報せが続々寄せられましたが、幸いいずれも、恐れたような内容ではありませんでした。象の足どりがいっさい見失われたことがじき判明しました。霧のおかげで、象は誰にも見られることなく、よい隠れ場所を探し出したのです。各地のおそろしく辺鄙《へんぴ》な地点から、いついつの時刻に霧を通しおぼろにして巨大な塊が垣間《かいま》見られた、「間違いなく象である」という電報が届きました。おぼろにして巨大な塊はニューヘイヴンで、ニュージャージーで、ペンシルヴェニアで、ニューヨーク州内陸で、ブルックリンで、さらにはニューヨーク市内でも垣間見られたのです！　けれどいずれの場合も、おぼろにして巨大な塊はたちまち姿を消し、何の跡も残しませんでした。刑事課に属す刑事が一人残らずこの広大な国のいたるところに散り、一時間ごとに報告書を送ってきて、誰もがかならず何か手がかりを見つけていて、何かのあとを追い、いまにも追いつかんとしていました。

しかしその日は、ほかに何の結果も生み出されることなく過ぎました。

翌日も同じ。

その翌日も。

さしたる事実もなく、手がかりはどこにもたどり着かず、推理も意外性、愉《たの》しさ、驚嘆の要素を使い尽くしてしまったいま、新聞の記事は何とも単調になっていきました。

警視の忠告に従って、私は報奨金を二倍に増やしました。

さらに四日、パッとしない日が続きました。やがて、哀れ勤勉なる刑事たちを大きなショックが見舞いました。新聞に推理の掲載を断られ、冷たく「いい加減にしてくれ」と言われてしまったのです。

象の失踪から二週間後、私は警視の忠告に従って報奨金を七万五千ドルに増やしました。大金ですが、私に対する政府の信用を失わぬためなら、自身の全財産を抛《なげう》ってもという気持ちでした。刑事たちが逆境に陥ったいま、新聞はこぞって彼らに牙を向け、この上なく意地悪な嫌味を浴びせました。芸人たちがこれに着想を得て、舞台上で刑事に扮《ふん》し、およそ素っ頓狂《とんきょう》なやり方で象を追いかけました。新聞の諷刺《ふうし》漫画では、小型望遠鏡を目に当てて国じゅう探し回る刑事たちが描かれ、その背後で象が彼らのポケットからリンゴを盗んでいるのでした。刑事のバッジもありとあらゆる手口でからかわれました。探偵小説の裏表紙に、金色に印刷されたバッジはきっと貴方《あなた》もご覧になったことがおありでしょう——大きく見開かれた目に、**「我々は決して眠らぬ」**と書き添えてある、あれです。酒場で刑事が飲み物を注文すると、受けを狙《ねら》ったバーテンが、もはや廃《すた》れた言い回しを復活させて「目ざまし《アイ＝オープナー》の一杯をご所望で？」と言いました。そこらじゅうで皮肉が飛び交っていました。

ところが、そうしたなか、何があっても動じず、落着きを失わず、いっこうに影響されない人物が一人いました。あの樫《かし》のごとく堅牢《けんろう》な心の持ち主、ブラント警視です。その勇猛な目は決して下を向かず、静穏《せいおん》な自信は決して揺らぎませんでした。彼はいつもこう言いました——

「好きなだけ言わせておけばいい。最後に笑う者こそ一番よく笑うのです」

この男に対する私の賛嘆は、一種崇拝の念にまで膨らんでいきました。私はいつも彼のそばにいました。彼の執務室はいまや私にとって辛《つら》い場所となり、しかも辛さは日に日に募る一方でした。けれど彼が耐えられるのなら、私も耐えるつもりでした。少なくとも、耐えられるうちは。かくして私は毎日執務室に顔を出し、そこに留まりました。部外者でそれができるのはどうやら私一人のようでした。どうして私にそんなことができるのか、誰もが不思議がり、私も何度となく、これはもう逃げるしかないと思ったのですが、そのたびにあの落着いた、見たところ何も意識していない顔を見やって、また踏みとどまるのでした。

そして象の失踪から三週間あまりが経《た》ったある朝、さすがにもう降参だといまにも言いかけたところで、偉大なる警視がまたしても秀逸な、鮮やかな手を提案して私の息を呑《の》ませたのです。

ほかでもない、盗賊たち相手に示談《じだん》を行なおうというのです。この人物の創意の豊饒《ほうじょう》さたるや、私がいままでに見てきたいかなるものをも凌《しの》いでいました。しかもこれまで私は、世界最良の精神の持ち主と幅広くつき合ってきたのです。十万ドルで和解すればきっと象を取り戻せます、と警視は言いました。これに対し私は、その額なら何とか集められると思いますが、これまであんなに懸命に働いてくれた刑事たちが気の毒ではありませんか？　と言いました。すると警視は——

「示談にする場合、つねに彼らが半額を取るのです」

これで私の唯一の懸念も消えました。かくして警視は以下のようなメモを二通書きました——

奥様——御主人は即刻私と面会の約束をなされれば大金を得られ、かつ法の手から全面的に護られます。

ブラント警視。

秘密のメッセンジャーを使って、一通はブリック・ダフィの「妻と言われる女性」に送り、もう一通はレッド・マクファデンの妻と言われる女性に送りました。

一時間もしないうちに、どちらからも無礼な返事が来ました——

何言ってんのよノホ——ブリックマクダフィわ二年前に死んだわヨ。

ブリジェット・マホーニー

バットけいし——レッド・マクファデンはシバリ首になって一年半まえから天ゴクにいるよ。けいじ以外どんなパーでも知ってるよ

メアリ・オフーリガン

「そうではないかとずっと前から疑っていました」と警視は言った。「この証言は私の直感の無謬《むびゅう》たることを証しています」

ひとつの手段が駄目となると、すぐもう次の手が出てくる人でした。警視はただちに朝刊に出す広告文を書き、私もその写しを取っておきました——

A.—xwblv. 242 N. Tjnd—fz328wmlg. Ozpo, —; 2 m! ogw. Mum.

犯人が生きていさえすれば、これを見ていつもの場所に来るはずだと警視は言いました。いつもの場所というのは刑事と犯人のあいだのすべてのやりとりが行なわれる場所だとのことでした。明日夜の十二時に会合が持たれるはずです、と警視は言いました。

それまでは何もすることがないので、私は時を待たず執務室から逃げ出しました。

これはもっけの幸いでした。

翌日の夜十一時に十万ドル分の紙幣を持参し、警視に手渡しました。まもなく彼は、いつもと変わらぬ自信を目にみなぎらせて出かけていきました。やがて、ほとんど耐え難い一時間がようやく終わりに近づいてきました。と、歓迎すべき足音が聞こえて、私はハッと息を呑んで立ち上がり、よたよたと迎えに行きました。警視の見映《みば》えよき目が、勝利の念にどれだけ燃えていたことでしょう！　彼は言いました――

「示談が成立しましたぞ！　これで明日は新聞の論調も変わるでしょうよ！　さあこちらへ！」

警視は火を灯《とも》した蠟燭《ろうそく》を手にとり、足どりも堂々と、六十人の刑事がつねに眠り、目下二十人ばかりが暇つぶしにトランプをしている地下の巨大な丸天井部屋に降りていきました。私もすぐあとについて行きました。警視はすたすたと部屋の薄暗い奥まで歩いていき、私が呼吸困難の苦しみにいまにも卒倒せんというところで、何か巨大な物体の突き出した部分に警視はつまずいて前につんのめりました。倒れながら、彼がこう叫ぶのが聞こえました――

「我らの気高き職業の正しさが証《あか》されましたぞ。あなたの象がここに！」

私は階上の執務室に運ばれ、石炭酸を嗅《か》がされ意識を取り戻しました。刑事課の全員がなだれ込んできて、私が見たことも聞いたこともないすさまじさの勝利と歓喜の雄叫《おたけ》びが生じました。新聞記者たちが呼ばれ、シャンパンが何籠《かご》分も開けられ、乾杯の音頭がとられ、握手と祝辞は熱烈にしてとどまるところを知りませんでした。当然ながら警視は時の英雄であり、彼の悦《よろこ》びようは完全無欠でした。かくも辛抱強く、立派に、勇敢に勝ちとったその悦びに、見ている私まで嬉しくなりましたが、その私はといえば、いまや家も失った一文なしの身、貴重な預り物は死なせてしまい、公僕としての地位ももはや失われました。大事な象を託されたのに致命的に注意を怠った、と世間から今後もずっと見られることでしょう。周りでは多くの雄弁なる瞳《ひとみ》が、警視に対する深い賛嘆の念を語っており、多くの刑事の声が「見ろよ、我らの職業の王様だ――手がかりひとつあれば十分、どんなものでも見つけてしまうのさ」と口々に呟《つぶや》いていました。それから五万ドルが分配されて、みな大いに上機嫌となりました。分配が済むと、警視は自分の取り分をポケットに収めながらちょっとしたスピーチを行ない、そのなかで「諸君、楽しみたまえよ、それは君たちが正当に稼いだ金だ．そしてそれ以上に、刑事という職業に、不朽の名声を君たちはもたらしてくれたのだ」と述べました。

電報が届き、こう告げていました――

ミシガン州モンロー、午後10時
三週間以上カカッテヨウヤク電報局に行キ着ク。足跡ヲ追ッテ馬デ森ヲ抜ケ千マイル ノ道ヲ旅シテ当地ニ至リ、足跡ハ日々益々《マスマス》強ク、大キク、新シクナッテイル。心配ハ無用、アト一週間以内ニキット象ヲツカマエル。絶対確実。

刑事、ダーリー。

警視は皆に「わが刑事課で指折りの知恵者ダーリー」をたたえる万歳三唱を命じ、彼を電報で呼び寄せ報奨金の分け前を与えるよう指示を出しました。

かくして、盗まれた象をめぐる驚くべき事件は終結しました。翌日の新聞はどれもふたたび愛想よく賛辞を並べていましたが、一紙だけは例外的に軽蔑《けいべつ》を示し、「刑事は偉大なり！　隠された象なんていうちっぽけな物を見つけるにはまあ少し時間がかかりもするし、三週間のあいだずっと、昼は一日探し回り、夜はその腐りかけた死体と一緒に眠りもしようが、とにかくいずれは見つけるのだ――隠した当人にその場所まで案内してもらえるなら！」と書いていました。

哀れ象のハッサンは、私にとって永遠に失われました。大砲の弾の傷が致命傷となって、霧のなか、友もなきあの地下室に潜り込み、己の敵に囲まれ、発見の危険に常時さらされつつ、死が安らぎをもたらすまで空腹と苦しみにやつれ衰えていったのです。

示談の結果を受けて私は十万ドルを支払いました。加えて、刑事たちの捜査に要した経費は四万二千ドル。私は二度と公職を求めませんでした。いまや私は破滅した身であり、地上をさすらう者です。けれど、あの人物、世が生んだ最高の捜査官と信じるあの男に対する賞讃《しょうさん》の念は、今日に至るまでいささかも曇らぬままであり、最後の日までそうありつづけることでしょう。

（一八八二年）

失敗に終わった行軍の個人史

先の戦争（南北戦争のこと）で何かを為《な》した人の話は皆さんもたくさん聞いておられるだろう。ならば、何かを為そうとしはじめて、結局何も為さなかった者の話もしばし聞いていただくのが公正というものではなかろうか？　何千何万の者たちが戦争に入っていき、わずかばかり戦争を味わい、ふたたび戦争の外に出て、二度と戻っていかなかった。こうした者たちは相当な数に及んでおり、ゆえにそれなりの声を発する権利はあろう。大声ではなく控えめな声、自慢げではなく申し訳なさげな声。彼らに優《まさ》る人々、何かをなしとげた人々のあいだで大きなスペースを与えられるべきではあるまい。それは私も認める。だが少なくとも、なぜ何も為さなかったのか、それは述べさせてもらっていいのではないか。さらに、何も為さないことに至ったその経緯も説明させてもらっていいのではないか。こうした話にも、きっとそれなりの価値はあるはずだ。

大いなる騒乱の最初の何か月か、西部の人々の心中《しんちゅう》には相当の迷いが広がっていた。決心の定まらぬこと甚《はなは》だしく、こっちに傾いたかと思えば次はあっちに傾き、それからまた反対側に傾く。己の立場を見定めるのは容易でなかった。その一例を私は思い出す。私がミシシッピ川の水先案内人を務めていたときのこと、一八六〇年十二月二十日にサウスキャロライナ州が連邦から脱退したとの報《しら》せが届いた。私の水先案内人仲間はニューヨーク出の男で、連邦側に立って北部を強く支持し、それは私も同じであった。なのに彼は、私の言うことをろくすっぽ聞こうともしない。彼から見れば、私の忠誠には汚点がついているというのだ——なぜなら、私の父親がかつて奴隷《どれい》を所有していたから。この暗い事実を和らげようと、私は男に、私の父は亡《な》くなる数年前、奴隷制は大きな悪だ、本当ならいま所有しているただ一人の黒人も解放してやりたいところだがかくも困窮していては一家の財産を手放すのは家族に申し訳ない、と言うのを聞いたと伝えた。すると男は、してやりたい、だけでは何の意味もない、してやりたいだけなら誰だって言える、と言い返し、連邦に対する私の忠誠をなおもこき下ろし、私の家系を中傷した。一か月後、ミシシッピ下流では連邦脱退の機運が相当強くなっていて、私も南部を支持する反逆者となり、ニューヨーク出の男もそうなった。一月二十六日、二人ともニューオーリンズにいたときに、ルイジアナ州が連邦から脱退した。ニューヨーク出の男も高らかに反逆の叫びを上げたが、私が叫ぶことには強く反対した。お前の家柄は信用ならんというのだ——奴隷を解放しようという気になった父親の子ではないか、と。次の年の夏、彼は連邦軍砲艦の案内人を務め、ふたたび北部支持の叫び声を上げていて、一方私は南部連合の軍隊に入っていた。私は彼になにがしかの金を貸した預り証を持っていた。彼は私が知るなかでも並外れて廉直《れんちょく》な人物であったが、その預り証についてはためらうことなく切り捨てた。なぜなら私は反逆者であり、奴隷を所有していた男の息子だからというのだ。

その夏——一八六一年である——戦争の第一波がミズーリの地に押し寄せた。わが州が北軍に侵入されたのである。北軍はセントルイスを占領し、さらにジェファソン・バラックス、その他の数地点を占領した。州知事クレイブ・ジャクソンは、侵略軍を撃退すべく民兵五万人の出動を求める声明を出した。

そのとき私は、少年時代を過ごした小さな町、マリオン郡ハンニバルを訪ねている最中であった。そして私は何人かの仲間と語らい、夜に秘密の場所に集まって軍隊を結成した。トム・ライマンという名の、元気一杯だが軍隊の経験はない若者が隊長に選ばれた。私は少尉《しょうい》に任命された。中尉はいなかった。なぜだかはわからない。何しろ昔の話なのだ。私たちは総勢十五名であった。隊の一員である無邪気な男の進言を受けて、私たちはマリオン・レンジャーズと名のることにした。その名に誰かがケチをつけた記憶はない。少なくとも私はつけなかった。むしろすごく響きのいい名だと思った。この名を提案した若者は、私たちがどういう連中だったかの、おそらく典型と言ってよかっただろう。若くて、無知で、気のいい、善意の、凡庸な、冒険の夢で頭が一杯の、騎士道小説に読みふけり寂しい恋の唄《うた》を歌う青年。安手の、ニッケルめっきという感じの貴族趣味をこの男は有し、ダンラップ（Dunlap）という自分の名を嫌っていた。この名はこの地域ではスミスと同じくらいありふれていたのも毛嫌いの一因だったが、主としてそれが自分の耳には平民臭《くさ》く響くことを嫌ったのである。そこで彼は、d'Unlap と書くことでそこに高貴さをつけ加えようと企てた。これで目は満足したわけだが、耳はそうは行かない。人々は新しい名を、いままでと同じに発音したからだ——ダンラップ、と前半分にアクセントを置く。そこで彼は、想像しうるかぎり最高に勇敢な業《わざ》をやってのけた。ごまかしや見せかけに世間がいかに憤《いきどお》るかを考えると思わず身震いしてしまうが、何と彼は、自分の名を d'Un Lap と書きはじめたのである。そしてこの芸術作品に浴びせられた長い泥の嵐《あらし》にも辛抱強く耐え抜いて、彼はついに望みを達成した。すなわち、その名は次第に世の認めるところとなり、アクセントも彼の望みどおり、うしろ半分に置かれるようになった。生まれて以来彼をずっと知ってきた人々、四十年にわたって雨や太陽と同じくらいダンラップ一族に慣れ親しんできた人々が、彼をダンラップと呼ぶようになったのだ。粘り強い勇気というものはいつしかきっと勝利を遂げるのである。何でも本人が言うには、古いフランス語の年代記を調べたところ、この名は元来、本当にd'Un Lapと書かれていたということで、英語に訳すとすればピーターソン（Peterson）になるという。Lapはラテン語だかギリシャ語だかで石・岩を意味し、フランス語のpierre、つまり英語のPeterにあたる。d'はofもしくはfromであり「〜から」の意、unはaもしくはone。したがってd'Un Lapは「ひとつの石もしくはPeterからの」、すなわち石の息子、ピーターの息子、つまりはPetersonというわけだ。我々民兵隊は学がなかったから、そう説明されて頭がこんがらがってしまい、結局彼をピーターソン・ダンラップと呼んだ。私たちにとって、彼はそれなりの役に立ってくれた。それぞれの野営地の名前を考案し、しかもみんなに言わせればたいていは「けっこうイケてる」名前をひねり出したのである。

これが私たちの一例である。もう一人の例が、町の宝石商の息子エド・スティーヴンズだ。すらっとした体付きで、ハンサムで、上品で、猫のように小綺麗《こぎれい》。聡明《そうめい》で、教養もあるが、浮かれ騒ぐのは大好きときている。彼にとって、人生、深刻なものは何ひとつなかった。彼から見るかぎり、この行軍もただの休暇でしかなかった。私たちのおよそ半数はだいたい同じ見方だったであろう。まあ意識してそう思っていたわけではなくとも、無意識には。私たちは何も考えなかった。考える力なんかなかった。私自身も、理屈抜きの喜びが体にみなぎっていた。しばらくは、午前零時と午前四時にベッドから出る暮らしから抜け出せたのだ。とにかく生活が変わったことが私は嬉《うれ》しかった。新しい場所、新しい仕事、新しい興味。頭のなかで、進んだのはそこまでだ。細かいことまでいちいち考えはしなかった。二十四歳の人間なんて、だいたいみなそんなものである。

もう一人の例が、鍛冶屋《かじや》の徒弟《とてい》スミスである。この巨大なロバのごとき人物は、勇気はそれなりにあり、回転ののろいものぐさな性格だったが情にはもろかった。ヘマをやった馬を殴り倒すこともあれば、ホームシックになってメソメソ泣くこともある。けれど彼は、私たちの大半には主張しえない、究極的な名誉をひとつ持つことになる。すなわち、最後まで戦争から去らず、ついには戦死を遂げたのである。

もう一人の例ジョー・バワーズは、巨体の、気のいい、亜麻色《あまいろ》の髪のでくのぼうだった。怠け者で、センチメンタルで、罪のないホラを吹きまくる、生まれつきの文句屋。嘘《うそ》つきとしては経験豊かで熱心、野心的でしばしば独創的ですらあったが、上手な嘘つきとは言えなかった。知的訓練をまったく受けておらず、思いつくままに嘘を並べるばかりだったからである。人生は彼にとって十分深刻であり、満足の行くものであることはめったになかった。それでも根は善人であり、誰からも好かれていた。彼は当番兵に任命され、軍曹の位を与えられた。スティーヴンズは伍長《ごちょう》の位を与えられた。

例はこれくらいで十分だろう。どれもまずまず悪くない例である。で、この家畜の群れが、戦争に出かけたのだ。何が期待できよう？ 彼らとしては精一杯やれるだけのことはやったが、いったいこんな連中に、どれだけのことが期待できよう？ 何もできはしまい。そして彼らは、何もしなかったのである。

用心と秘密が肝腎《かんじん》だったから、私たちは暗い夜を待った。やがて、午前零時近く、私たちは二人ずつ、それぞれ別の道を通って、町外れのグリフィス農場へ向かった。そこで合流して、全員徒歩で出発した。ハンニバルはマリオン郡の南東の端、ミシシッピ川のほとりにある。我々の目標地点はロールズ郡、十マイル離れた村ニューロンドンであった。

最初の一時間は何もかも楽しかった。馬鹿《ばか》を言いあい、ゲラゲラ笑って。でもそんなことをいつまでも続けられはしない。一歩一歩、えっちらおっちら歩くことがだんだん仕事のようになってくる。遊びの気分は徐々に抜けていった。森の静けさと夜の陰気さとが若者たちの気分に憂鬱《ゆううつ》な影響を及ぼしはじめ、まもなくお喋《しゃべ》りも止《や》んで、

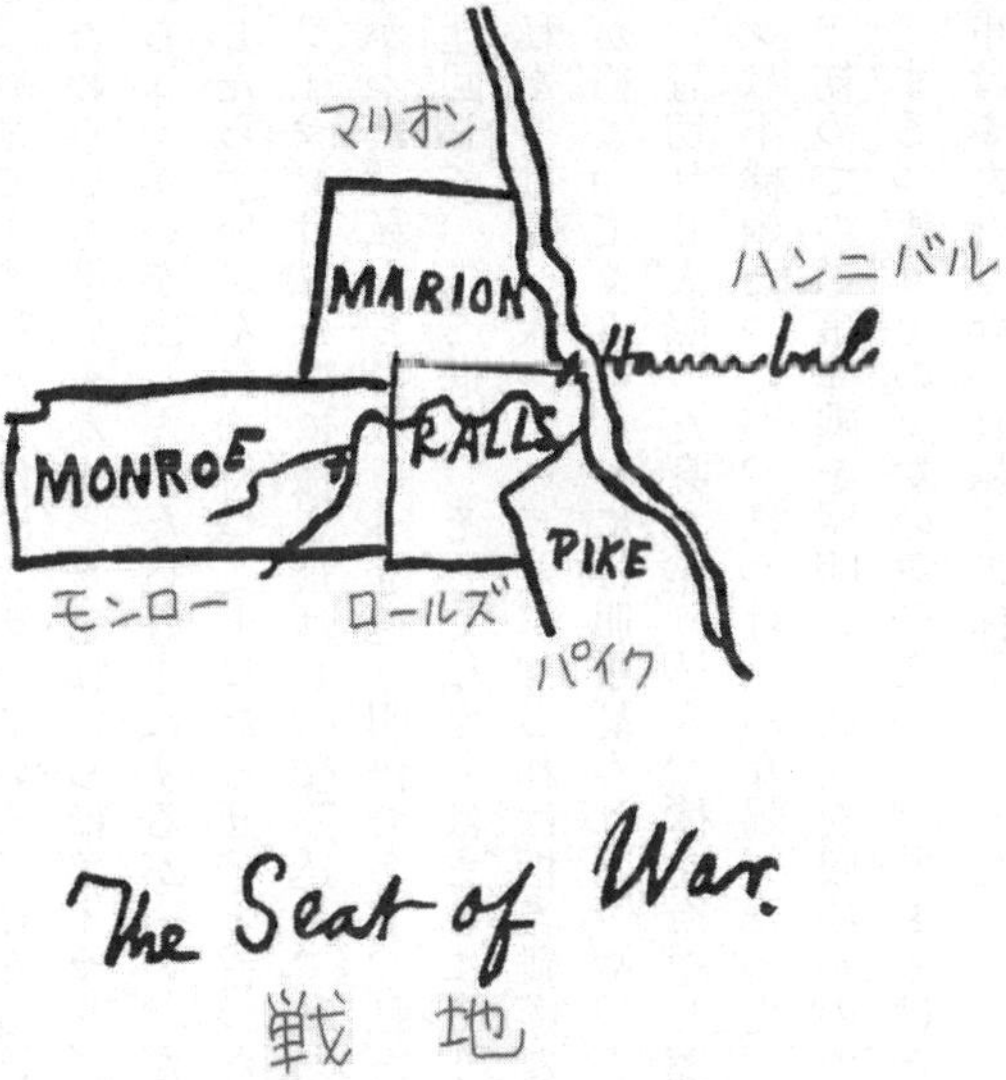

一人ひとりが己の思いのなかに閉じこもっていった。二時間目の後半三十分は、誰ひとり一言も喋らなかった。

　やがて私たちは、丸太造りの農家に近づいていった。報告によれば、ここに五人の北軍兵士が見張りに立っているという。止まれ、とライマンが私たちに命じた。そして、頭上に鬱蒼《うっそう》と茂る枝が作る陰気な薄闇《うすやみ》のなか、農家を襲撃する計画をライマンはひそひそ声で語りはじめた。おかげであたりの陰気さはいっそう気の滅入《めい》るものとなった。重大な瞬間であった。これが冗談なんかじゃないことを、私たちは突然の寒気《さむけ》とともに悟ったのである。本物の戦争と、いままさに私たちは向きあっている。私たちはひるまなかった。私たちの返答にはためらいも迷いもなかった。私たちはライマンに向かって、その兵士どもにあんたがちょっかいを出したいなら好きにするがいい、だけど俺たちもついて来るのを待つとしたらずいぶん長く待つことになるぜ、と言ったのである。

ライマンは私たちに檄《げき》を飛ばし、頼み込み、私たちの恥の感覚に訴えたが、甲斐《かい》はなかった。私たちの取るべき道は明快であり、私たちの心は定まっていた。この農家は迂回《うかい》して、先へ進む。そして私たちはまさにそうした。

私たちは森へ入っていったが、これは相当難儀な道だった。根っこにはつまずくし、蔦《つた》が絡《から》まってくるし、茨《いばら》には服を裂かれた。やっとのことで、開《ひら》けた安全な場所に出て、息切れし火照《ほて》った身で座り込み、体を冷やし擦り傷や打ち傷を手当てした。ライマンは不機嫌だったが、ほかはみんな陽気だった。我々はあの農家を迂回したのであり、初めての軍事作戦を展開して成功を収めたのである。気に病むべきことは何もない。まるっきりその反対の気分だった。悪ふざけとゲラゲラ笑いがまたはじまった。行軍はふたたび浮かれ騒ぎの休暇となった。

それからまた二時間、とぼとぼ退屈に歩き、結局また黙りこくって、気も滅入っていった。明け方ごろにやっとニューロンドンにたどり着いたころには、体は汚れ、かかとはすり剝《む》け、歩き疲れ、スティーヴンズ以外はみなむすっと苛《いら》ついた気分で、心中ひそかに戦争を呪《のろ》っていた。みすぼらしい古いショットガンを私たちはロールズ大佐の納屋《なや》に積み上げ、それから全員、メキシコ戦争（一八四六－一八四八年）の生き残りたる大佐と朝食を共にした。食後、私たちは大佐に連れられて遠くの草地に赴き、木蔭《こかげ》に立って、大佐の語る古風な演説に耳を傾けた。それは火薬と栄光に満ち、形容詞が積み上げられ複数の比喩《ひゆ》がごっちゃになった、空虚で長ったらしい駄法螺《だぼら》であった。あのころああいう田舎では、そういうものが雄弁と見なされたのである。それから彼は、私たちに宣誓をさせた。聖書にかけて、ミズーリ州に忠誠を保ら、この地に侵入してくるすべての者どもを、そいつらがどこから来ようがいかなる旗の下に行軍してこようがすべて追い払うと誓うよう、私たちに迫ったのである。こう言われて、私たちは少なからず混乱した。自分たちがいかなる任務に身を投じたのか、私たちはよくわかっていなかった。だが熟練の政治家にして美辞麗句の操り手たるロールズ大佐は、私たちを捉《とら》えていた懐疑とは無縁であった。自分が私たちを、南部連合の大義に巻き込んだことを彼ははっきり認識していた。大仰な演説の締めくくりに、大佐は私の胴に、隣人のブラウン大佐がブエナビスタとモリーノデルレイ（いずれもメキシコ戦争の戦場）で帯刀していた剣を巻きつけ、この行為にもふたたび堂々たる駄法螺を添えた。

それから私たちは隊列を組んで、四マイルの道を行進し、花咲き乱れる大草原の果ての、心地よく木蔭になった森の外れに着いた。戦地としては何とも魅力的である。まさに私たち好みの戦争。

森を半マイルばかり進んでから、背後を低い、木深い岩だらけの丘に護《まも》られ、前方はさらさらとせせらぐ澄んだ入江《クリーク》のある絶好の場所に陣取った。たちまち兵の半数はクリークで泳ぎ、残り半数は釣りをしていた。フランス語の名前の阿呆《あほう》がこの陣地にも何やらロマンチックな名をつけたが、あまりに長いのでみんなはそれを縮めてキャンプ・ロールズと呼んだ。

私たちは古いメープルシュガーの採集野営地を占拠した。腐りかけた桶《おけ》が、いまだ木々に立てかけてあった。細長いトウモロコシ倉庫が隊全員のねぐらになった。左手、半マイル離れたあたりに、メーソン家の農場と屋敷があった。メーソンは南軍の味方であった。正午を過ぎてまもなく、農夫たちがあちこちから、私たちが使うようにとラバや馬を連れて集まってきた。どうせ三か月くらいで終わるだろうから、戦争が続くあいだ貸してくれるというのだ。動物たちは大きさも色も種もまちまちであった。たいていは若く溌剌《はつらつ》として、隊の誰一人、その上に長く乗っていることはできなかった。何しろ私たちは都会の若者であり、乗馬のことなんか何も知らなかったのだ。私に割り当てられたのはひどく小さなラバだったが、おそろしくすばしっこくて活動的で、私を難なく投げ飛ばすことができた。私がそいつに乗るたびに、毎回そうやってのけるのだ。そうしてヒヒンといななく——首をつき出し、耳を寝かせて、口の奥が見えるまであごを目一杯広げて。何から何まで不愉快な動物だった。こっちが手綱《たづな》を摑《つか》んで立ち上がらせようとすると、座り込んで精一杯踏んばり、そうなるともう何も動かせない。しかし私とて、兵士として知恵がまったく働かなかった訳ではない。私はじきにこいつの鼻を明かしてみせた。こっちだっていままで、蒸気船が座礁《ざしょう》するのはさんざん見ている。座礁したラバもさすがに逆らえぬ手口の一つや二つは知っていた。トウモロコシ倉庫のかたわらに井戸があったので、手綱の代わりに三十尋《ひろ》（五十メートル強）のロープをラバに付け、巻き揚げ機を使って連れ帰ったのである。

少し話をはしょると、やがて私たちは何日か練習を積んだ末にいちおう馬なりラバなりに乗れるようになったが、最後まで上手《うま》くはならなかった。動物たちを好きにもなれなかった。どいつも上等な動物とは言いかねたし、たいていは何かしら腹立たしい奇癖があったのである。スティーヴンズの馬は、油断していると、樫《かし》の木の幹によくある巨大なこぶの下を通り抜け、乗り手をこぶに激突させたので、スティーヴンズは何度もひどい傷を負うことになった。バワーズ軍曹の馬はものすごく大きくて背も高く、脚はほっそり長くて、鉄橋みたいに見えた。大柄で、そこらじゅう好きなだけ首をのばすことができたので、年じゅうバワーズの脚に嚙《か》みついていた。陽なたを行進していると、バワーズはしょっちゅう居眠りをしたが、彼が眠っていると気づいたとたん馬は首をのばして脚に嚙みつくのである。おかげで両脚とも嚙みあざだらけになった。これ以外のことではバワーズはいっさい汚い言葉を使わなかったが、馬に嚙まれるたびにかならず呪詛《じゅそ》の文句が口から飛び出た。そして何があってもゲラゲラ笑うスティーヴンズは、むろんこれが起きるたびにゲラゲラ笑い、笑いすぎて痙攣《けいれん》を起こしてバランスを失い時には馬から落ちた。そして馬に嚙まれた痛さにただでさえ不機嫌になっているバワーズは、笑われてさらに気分を害して喧嘩腰《けんかごし》の言葉を返し、二人のあいだで争いが生じることになった。かくしてこの馬は、兵たちのあいだに果てしない厄介と敵意を生み出したのだった。

だが話を戻そう。メープルシュガー採集地最初の日の午後のことである。砂糖用の桶は飼い葉桶としても非常に便利であり、それらに入れるトウモロコシもどっさりあった。私はバワーズ軍曹に、私のラバに餌《えさ》をやるよう命じた。ところが彼は、俺がラバのお守《も》りをするために戦争に来たと思ったら大間違いだぜ、と言い返してきた。これは命令不服従だと私は思ったが、何しろ軍隊のしきたりはよくわからないので、あえて追及はせず、今度は鍛冶屋の徒弟スミスにラバに餌をやれと命じた。ところが彼も、ニヤッと大きく、冷淡に、皮肉たっぷりに、七歳と思った馬が口を開けてみたら十四歳だと判明したときに馬が見せるであろう表情とともに笑うばかりで、あっさり私に背を向けた。そこで私は隊長のところに行き、私には当番兵がいてしかるべきではないか、それが軍隊の正しいあり方ではないかと訴えた。そのとおりだがこの隊には当番兵は一人しかいないので隊長たる自分がバワーズを使うのが正当であると彼は答えた。当のバワーズは、誰の当番にもなってたまるか、やらせたきゃ力ずくでやらせてみろ、と言った。というわけで、むろんこれはあきらめるしかなかった。ほかにやりようはなかった。

また、誰も食事を作りたがらなかった。そんなのは兵士の沽券《こけん》にかかわるとみんな思ったのである。というわけで昼食はなかった。午後の残りを私たちはのんびり快適に、木蔭でうとうとしたり、コーンパイプで煙草《たばこ》を喫《す》ったり、恋人や戦争の話をしたり、ゲームに興じたりして過ごした。夕食の時間も過ぎるころにはみんな腹ぺこで、この困難に対処すべく、誰もが対等な立場で仕事にかかり、薪《たきぎ》を集め火を熾《おこ》し料理をした。食べ終えると、しばらくは何事もなかったが、やがて伍長と軍曹のあいだで騒動が持ち上がった。どちらも自分の方が階級が上だと言い出したのである。どっちが格上なのか、誰も知らなかったので、ライマンは両者の位は同等であるということにして事を収めるしかなかった。こういう無知な兵たちの指揮官というのは、正規の軍隊ではたぶん絶対起きないたぐいのトラブルや苛立ちの種に悩まされるものなのだ。けれども、キャンプファイアを囲んで歌を歌ったり物語を語ったりしているうちに、やがてまた和やかな空気が広がった。まもなく私たちはトウモロコシを倉庫の片隅に押しやって平らに並べ、ベッド代わりにして眠った。誰かが入ってこようとしたら声を上げるよう、馬を一頭、入口につないでおいた。*

毎日午前中に、私たちは乗馬訓練を行なった。午後になると分隊を組んで、あちこち何マイルか乗り回し、農家の娘たちを訪ねていって、若者らしく楽しく過ごし、昼食や夕食をしかるべくご馳走《ちそう》になり、満ち足りた思いで野営地に戻った。

人生はしばし安逸《あんいつ》にして甘美、その完璧《かんぺき》さを損なうものは何もなかった。やがてある日、農夫たちが不穏な知らせを携えてやって来た。ハイドの所有する草原の向こうから敵がこっちへ進軍中との噂《うわさ》が立っているというのだ。この報せに私たちは大いに浮き足立ち、誰もがひどくうろたえた。快い忘我の境《きょう》から、乱暴に揺り起こされたのだ。噂はあくまで噂であり、確かなことは何もわからなかったから、私たちは困惑し、どっちへ退却していいかもわからなかった。状況が不確かなのだからまったく退却しないとの方策をライマンは唱えたが、そうした姿勢を貫くと兵士たちから不興《ふきょう》を買いそうだということをじき彼は思い知らされた。そんな反逆許してたまるか、というのが兵たちの感慨だったのである。そこでライマンも妥協し、軍事会議を招集した。メンバーは彼と、ほか三人の将校。だがヒラの兵士たちは、俺たちを蚊帳《かや》の外に置くのかと騒ぎ立て、結局彼らも会議の場にいさせるしかなかった。つまり、そのままとどまらせるしかなかったということだ——みんなすでにその場にいたのであり、しかも発言の大半は彼らが行なっていたのである。問題は、どっちの方角に退却するかである。けれどみんなすっかり動揺していて、誰一人見当すらつけられなかった。唯一《ゆいいつ》、

*そもそも馬はこの目的のためにあるのだと当時私は認識していたし、隊のなかでほかに最低一人は同じように考えていたことも知っている。二人でこのことについて話しあったからだ。軍隊というのは賢いことを思いつくものだ、そう私たちは感心させられたのである。ところが、三年前に西部へ出かけたとき、わが隊の一員だったA・G・フュークウェイ氏から、あの馬は自分の馬であって入口につないだのは単に忘れただけの話だと言われた。あれを聡明な思いつきと褒めるのは買いかぶりもいいところだというのである。その証拠としてこの方式がその後二度と採用されなかったという意義深い事実を氏は指摘した。なるほど、それは考えなかった。

ライマンだけが例外であった。簡潔に、穏やかに、敵はハイドの草原の向こうから接近しつつあるのだから我々の採るべき道は明白だと彼は述べた。すなわち、敵がいない方へ退却さえしなければいいのであって、それ以外ならどの方角でも我々の目的に完璧に適《かな》う、と。言われてみればそのとおり、と誰もが瞬時に納得し、その叡智《えいち》に感じ入り、ライマンは多くの賛辞を浴びることとなった。ここはメーソンの農場へ撤退しようということで話は決まった。

もうこのころには日も暮れて、いつ敵が来るかもわからなかったから、馬を連れてあれこれ物を持っていくのは得策と思えなかったので、私たちは銃と弾薬だけ持ってただちに出発した。道は非常に険しく、坂もきつく岩だらけで、まもなくあたりは真っ暗になり、雨も降ってきた。というわけでおそろしく難儀な道行きとなり、私たちは闇のなかをあくせくよたよた進んでいった。じきに誰かが足を滑らせて転び、次にそのうしろの人間がそいつにつまずいて転び、と順ぐりに転んでいって、そうこうするうちにバワーズが火薬の樽《たる》を両腕に抱えてやって来て、いまや全員が泥の坂の上で腕も脚もさんざんこんがらがり絡みあっている有様、むろんバワーズも樽もろとも転んで、おかげで一隊まるごと丘を転げ落ちていき、丘のふもとの小川に山となってなだれ込み、山の一番下の者たちが自分のすぐ上の者の髪を引っぱり顔を引っかき体に嚙みつき、引っかかれ嚙みつかれた連中も自分たちの上の連中を引っかき、嚙み、今回この川から抜け出しさえしたら戦争なんてもう死んでも行くもんか、侵略してくる奴《やつ》らも国ごと勝手に腐っちまえ、とか何とかみな口々に言い、誰もが息も絶えだえの喘《あえ》ぎ声、あたりは気味悪い闇に包まれて、何もかもびしょ濡《ぬ》れで敵はいつ来るかわからないとあって、耳にするにせよ自分が発するにせよ何とも侘《わび》しく響いたことであった。

火薬の樽は失われ、一連の銃も失われた。うなり声や愚痴がなおも続くなか、火薬と銃を探して隊全員が糊《のり》みたいにべとべとの斜面を手探りし、小川のなかをびしゃびしゃ這《は》い回った。結局、この作業で私たちは相当の時間を無駄にした。やがてひとつの音が聞こえて、私たちは息を殺し、耳を澄ませた。敵が来た、そう思えたが、実は牛だったかもしれない。思えば牛の咳払《せきばら》いみたいな音だったからだ。だが私たちは迷わず、銃を二丁ばかり置き去りにして、闇で足下も覚束《おぼつか》ぬなかふたたび精一杯の速足でメーソンの農場に向かった。けれどもまもなく、凸凹だらけの峡谷《きょうこく》で道に迷ってしまい、再度道がわかるまでかなりの時間を費やしたので、メーソンの地所にたどり着いたときはもう九時を過ぎていた。と、私たちが合い言葉を口にする間もなく、犬が何匹か、すさまじい剣幕で吠《ほ》えながら柵《さく》を跳び越えてきて、それぞれが誰か一人の兵士のズボンの裾《すそ》をがっちり咥《くわ》え、兵士ごとぐいぐい引っぱった。何しろ犬と兵士がしっかりくっついていて、犬を撃てば相棒の命を危険にさらすことになるので、私たちはなすすべもなく、この戦争における最高に屈辱的な情景を、手をこまねいて見ているほかなかった。あたりはいまや相当に、十分すぎるくらい明るかった。メーソン家の人たちが、蠟燭《ろうそく》を両手に玄関先に出てきていたのだ。父親と息子がやって来て、二人で難なく犬たちを引き離したが、バワーズに取りついた犬だけは駄目だった。この一匹だけは、いくらやっても外せない。番号がわからないのだ――どうやらこのブルドッグ、イエールの時間錠（イエールは錠前の登録商標で、時間錠はある時間が来るまで外れない錠）が装着されているらしかった。結局、煮え湯を浴びせることで何とか引き剝《は》がしたが、バワーズもそれなりに煮え湯を浴びたので彼からも返礼を行なった。のちにピーターソン・ダンラップは、この戦闘と、それに先立つ夜の行進に対し立派な名を考案することになるが、どちらもとうの昔に私の記憶から失われてしまった。

屋敷に入っていくと、私たちは家の人々から質問攻めに遭い、まもなくそのやりとりを通して、自分たちが誰から、もしくは何から逃げてきたのか私たちが何も知らないことが明らかになった。それを知って老メーソンは、きわめてあけすけに、あんた

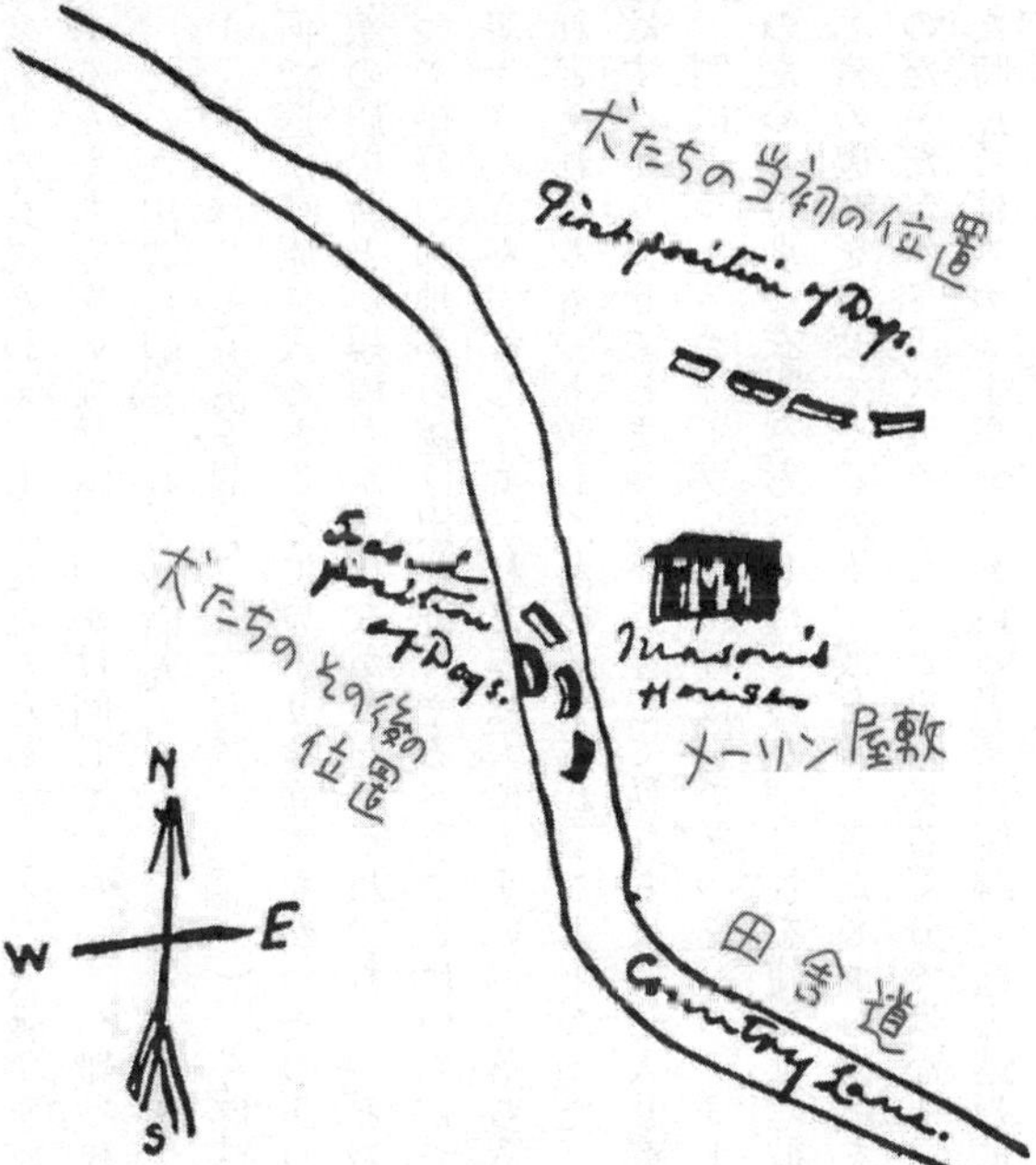

Engagement at Mason's Farm

メーソン農場の戦い

たち風変わりな兵隊だねえ、あんたたちならきっとじき戦争を終わらせてくれるだろうよ、あんたたちみたいな兵隊追っかけ回してたらいくら靴革代《くつかわだい》があったって足りやしない、そんな出費に耐えられる政府なんてないからな、と言った。「マリオン・レンジャーズ！　ぴったりの名前だよ！（rangeは「動き回る」「さまよう」の意）」と彼は言った。だいたいあんたら何で道が草原に入るところに見張りを立てなかったのかね、何で偵察隊を送り出して敵の居場所とか規模とか調べなかったのかね、ちょっとした噂聞いただけで跳び上がって絶好の陣地から逃げ出す前にやるべきことはいくらでもあったんじゃないかね、等々さんざんまくしたて、私たちは犬にもずいぶん落ち込んだ気にさせられていたけれどそれよりもっと激しく落ち込まされることとなった。歓迎されているという気分はすっかり失《う》せてしまった。こうして私たちは恥じ入り意気消沈して寝床に入ったが、例によってスティーヴンズだけは別であった。スティーヴンズはじきに、バワーズのための特別な衣服を考察しはじめた。これを使えば、彼の功績を有難がる者たちに名誉の傷跡を見せてやるのも、彼を妬《ねた》む者たちから傷跡を隠すのも自由自在だというのだ。だがバワーズはそんなことを考える気分ではなく、じき喧嘩が始まって、終わった時点ではスティーヴンズも自ら名誉の傷跡を抱え込むに至っていた。

それから、みんな少しのあいだ眠った。ところが、昼夜これだけの目に遭ってきたというのに、私たちの夜はまだ終わっていなかった。午前二時ごろ、道の先の方から警告の叫び声が聞こえ、犬たちのコーラスがそれに伴ったので、たちまちみんな寝床を出て、いったい何事かとあたりを飛び回った。馬に乗って警告を持ってきた男によれば、北軍兵士の一分隊がハンニバルからこっちへ向かっていて、私たちのような徒党がいたら見つけ次第つかまえて片っ端から縛り首にするよう命令されているという。ぐずぐずしてる暇はないぞ、とその男は言った。今度はさすがのメーソン氏も大慌《おおあわ》てだった。氏は私たちをそそくさと家から追い出し、ニグロを一人つけてくれた。半マイル先にある峡谷のどこに隠れたらいいか、どこに銃を隠したらいいか、案内させるというのだ。雨が激しく降っていた。

道を下っていき、石ころだらけで転ぶにはもってこいの放牧地を横切り、やがて大半の時間は泥に埋もれているようになり、誰かが転ぶたびにそいつが戦争を口汚く罵《ののし》り、戦争を始めた連中全員、戦争と結びついた者全員を糞味噌《くそみそ》にけなし、こんな戦争にわざわざ足をつっ込んだ自分の阿呆さ加減を何より激しく呪った。やっとのことで、どこかの峡谷の木深い入口に私たちはたどり着き、雨をザバザバ落としてくる木々の下で身を丸め、ニグロを送り返した。陰鬱なる、胸はり裂ける一時《ひととき》であった。激しい雨にいまにも溺《おぼ》れてしまいそうだったし、吹き荒れる風と轟《とどろ》く雷に耳も聞こえず、稲妻に目もつぶれそうだった。本当に荒々しい夜だった。体じゅうずぶ濡れになるだけでも十分みじめなのに、あと一日と経《た》たぬうちに縛り首で命も尽きるかもしれないと思うとなおいっそうみじめであった。戦争に来て、まさかこんなに情けない死が待ち構えているとは夢にも思っていなかった。もはや行軍からいっさいのロマンは失せていた。栄光をめぐる私たちの夢はおぞましい悪夢に変貌《へんぼう》していた。そんな野蛮な命令が本当に発せられたのか、と疑うことは誰一人思いつかなかった。

長い夜もやっと終わりが見えてきた。やがて昨夜のニグロが戻ってきて、警告は誤りだったようです、じき朝ご飯の支度ができます、と私たちに伝えた。私たちはたちまち軽やかな気持ちに戻り、世界は明るく、人生はふたたび希望と約束に満ちた。何といってもあのころ私たちは若かったのだ。あれからどれだけ時が経ったのか！　二十四年だ。

言語上の米仏混血児がその夜の退却地をキャンプ・デヴァステーション（惨害）と名づけ、誰も反対しなかった。メーソン家の人たちは私たちに、ミズーリの田舎流の朝食を、ミズーリ流の豊富さでふるまってくれた。願ってもない食事であった。焼き立ての丸パン《ビスケット》。上に格子《こうし》状の切れ目が綺麗に入った焼き立ての「ウィートブレッド」（ビスケットの生地に脂肪と甘味を加えて作る）。焼き立てのトウモロコシパン。フライドチキン。ベーコン、コーヒー、卵、ミルク、バターミルク……世界中、南部で作られるこうした朝食に匹敵するものがあったら教えてほしい。

私たちはメーソン農場に数日居候《いそうろう》した。何年も経ったいま思い起こしても、あの微睡《まどろ》むような屋敷を包む停滞、静けさ、生気のなさは、死と哀悼に包まれたかのような重苦しさで私の気を滅入らせる。することは何もなく、考えることもなかった。人生に対する興味もなかった。家の男たちは一日じゅう畑に出ていて、女たちも忙しく働いて私たちの目には触れなかった。聞こえる音は、糸車の悲しげなむせび泣きだけ――どこか遠くの部屋から、悼《いた》み嘆く声が絶えまなく発せられている。それはこの世で何より寂しい音、郷愁の念と生の空虚に浸された音だった。一家は毎晩暗くなるとともに寝床に入り、私たちも新しい習慣を持ち込むよう奨励されはしなかったから仕方なくそのやり方に倣《なら》った。十二時まで起きていることに慣れている若者には、そんな夜は百年の長さに感じられる。毎晩、私たちは眠れぬままみじめな気分で横たわり、静止した幾世紀もの時のなか、時計が十二時を打つのを待ちながら老い、耄碌《もうろく》していった。ここは都会の若者なんかの来るところじゃない。そんなわけで、敵がふたたび私たちを追っているという知らせを受けとると、みんなほとんど喜びに近い気持ちを覚えたのである。始めの闘志を新たによみがえらせて、私たちはいそいそと隊列を成し、キャンプ・ロールズへと退却していった。

メーソンの話から教訓を得たライマン隊長は、要所要所に見張りを据えてキャンプを襲撃から護るよう命令を下した。私はハイドの草原を貫く道の分岐点に見張りを置くよう命じられた。夜のとばりが禍々《まがまが》しく黒々と降りた。私はバワーズ軍曹に、その地点に行って午前零時まで見張りに立つよう命じた。が、案の定《じょう》、そんなのは嫌だとバワーズは言った。私はほかの連中を行かせようと試みたが、全員に断られた。天気を理由に拒む者もいたが、大半はあっさり、どんな天気だって行きたかないねと言った。これは今日では奇異に、ひょっとするとありえないことに聞こえるが、当時は意外でも何でもなかった。それどころか、まったく当然の反応とさえ思えた。ミズーリじゅう、同じことが起きている野営地が何十とあったにちがいない。これらの野営隊は、確固たる独立独歩に向けて生まれ、育てられてきた若者たちから成っていたのだ。自分の村や農場で、生まれてからずっと見知ってきたそこらへんの連中にあれこれ命令されるというのがどういうことなのか、知っているわけがない。これと同じことが南部一帯で起きていた可能性も十分あると思う。ジェームズ・レッドパスもこの仮説の有効性を認めて、それを傍証する次のような例を語った。彼がテネシー東部にしばらく滞在したときのこと、ある日、市民大佐（正規の軍隊経験のない、民兵隊や義勇軍に選ばれた大佐）のテントで話をしていると、出入口に大柄な兵士が現われて、敬礼も余計な挨拶《あいさつ》もなしに大佐にこう言った――

「あのさジム、俺、ちょっと家《うち》帰るよ」

「何で？」

「いや、もうずいぶん帰ってないしさ、どうなってるか見ときたいから」

「どれくらいで戻ってくる気だ？」

「二週間くらいかな」

「ああ、それ以上は長引かせるなよ。できるようだったらもっと早く戻ってこいよな」

それだけだった。市民大佐はこの兵士に腰を折られた時点から話を再開した。むろんこれは、戦争が始まって間もないころの話である。ミズーリの、私たちのいたあたりの野営隊はトマス・H・ハリス准将《じゅんしょう》の指揮下にあった。彼は私たちの町の住人であり、実に好人物で、誰からも好かれていた。でも私たちは、彼のことをずっと、町の電報局ただ一人の、給料も大したことはない電報局員として親しく知ってきたのだ。普通の時であれば、週に一通電報を発信するのが彼の仕事であり、忙しいとそれが二通になるという程度だった。したがって、ある日彼が私たちのただなかにせかせかと現われて、何らかの軍隊風命令を物々しく軍隊風に発したとき、集まった兵士たちがこう応じても誰一人驚かなかったのである——

「あのさぁ、そんなの無理だって、トム・ハリス！」

まったく自然な反応だった。私たちはおよそ戦争には不向きの人材だったと考える方々もおられようし、私たちの無知ぶりを思えば実際その通りだったろう。とはいえ、私たちのなかには、やがてこの厳格なる稼業《かぎょう》を身につけ、機械のように服従することを覚えた者もいたのだ。貴重な兵士となり、最後まで戦争を戦い抜き、立派な戦歴を携えて帰ってきたのである。あの晩見張りに行くのを拒み、そんな無茶なやり方で俺が自分の身を危険にさらすと思うなんてあんたどうかしてるぜと私に言った若者のなかにも、まさに一人、それから一年と経たぬうちに剛勇《ごうゆう》で名をはせた者がいた。

その晩、私はそれでも、見張りを確保した——権威によってではなく、駆け引きによって。一時的に階級を交換し、彼の部下として一緒に見張りに携わると合意することで、バワーズを説き伏せたのである。真っ暗闇の雨のなか、陰鬱な二時間ばかり私たちはそこにとどまった。陰鬱さを和らげるものといっても、戦争と天気を呪うバワーズの単調なうなり声があるばかりだった。やがて私たちはうとうと舟を漕《こ》ぎはじめ、まもなく鞍《くら》の上に座っていることはほぼ不可能になった。そこで私たちは退屈な仕事を放棄し、交代を待ちもせず野営地に戻った。誰からも妨害も反対も受けずに私たちは野営地に入っていった。敵もやろうと思えば同じことができたはずである。何しろもう誰も歩哨《ほしょう》に立っていなかったのだから。誰もが眠っていた。午前零時になっても、次の見張りに送り出すべき者はいなかった。ゆえに誰も送られなかった。思い出せるかぎり私たちはその後二度と夜の見張りを出さなかったが、昼間はたいてい歩哨を立てた。

その野営地では、全員がだだっ広い倉庫のトウモロコシの上で眠り、朝が来る前にたいていはみんな喧嘩になっていた。というのも倉庫のなかにはネズミがどっさりいて、そいつらが眠っている私たちの体や顔の上をゴソゴソ越えていくせいで、誰もが苛つき、怒り、中には人の足指を齧《かじ》るネズミもいて、そうするとその足指の持ち主はがばっと跳ね起き、己の英語を誇張した形で使い、闇のなかでトウモロコシを投げまくる。一本が煉瓦《れんが》半分くらいの重さがあって、当たるとけっこう痛い。当てられた人間も応戦し、五分と経たないうちに誰もが隣の人間と死闘をくり広げていた。由々しい量の血がトウモロコシ倉庫で流されたが、とはいえ、私が戦争に携わっていたあいだに流された血はこれがすべてであった。いや、厳密にはそうじゃない。あるひとつの出来事が起きなかったらこれがすべてであった、と言うのが正しい。その出来事を語ろうと思う。

私たちはしょっちゅう怯《おび》えていた。何日かに一度はかならず、敵がやって来るという噂が届いた。そういうとき、私たちはいつも、どこかほかの野営地に退却した。いまいるところにとどまることは決してなかった。けれど噂は結局いつもガセネタだった。とうとうさすがの私たちも、もはや動じなくなった。ある夜、ニグロが一人、またいつもの警告を持たされて私たちのトウモロコシ倉庫に送られてきた。敵が近辺をうろうろしている、と。うろうろさせとくさ、と私たちはみな言った。そこを動かず、慌てても騒ぎもしないことに私たちは決めたのだ。それは立派な、兵士に相応《ふさわ》しい決断であった。明らかにみんな、その決断の興奮を己の血のなかに感じていた――少しのあいだは。私たちはしばし馬鹿騒ぎと子供っぽい歓喜に包まれ、ものすごくいい気分だった。だがそれもいまは冷めて、まもなく、無理に発するジョークや笑いの熱も見るみる退《ひ》いていき、じきにすっかりなくなって、一隊まるごと黙りこくってしまった。黙りこくって、落着かぬ気持ち。やがて不安が訪れ、不安が心配に、心配が恐怖に代わる。とどまる、と言ってしまったのだから、もう後《あと》には引けない。誰かが説得してくれたら逃げられもしただろうが、そう言い出す勇気は誰にもなかった。まもなく、闇のなか、誰もが感じた、だが口にされぬ衝動によって、ほとんど音もない動きが生じた。その動きが完了した時点で、兵士一人ひとりが、前方の壁にこっそり行って丸太のすきまから外を覗《のぞ》いたのは自分だけでないことを悟った。そう、私たちはみんなそこにいた。みんなそこにいて、心臓が口から飛び出しそうなほど怯え、砂糖用の桶が並べられた、森に入る道が始まるあたりにじっと目を向けていた。もう遅い時間で、森の深い静けさが　帯に広がっていた。月の光は雲のベールがかかって、いろんな物の大体の形をどうにか見きわめられる程度だった。と、くぐもった音が私たちの耳を捉え、私たちはそれを馬の、もしくは馬たちのひづめの音と認識した。そしてすぐさま、森への道にひとつの人影が現われた。ただの煙だったとしてもおかしくないくらい、輪郭もごくぼんやりとしていた。それは馬に乗った一人の男であった。そのうしろにも、さらに何人もいるように私には思えた。私は闇のなかで銃を摑み、丸太のあいだのすきまから外へ突き出した。何をやっているのか、自分でもほとんどわかっていなかった。それくらい、恐怖で頭が真っ白になっていたのだ。誰かが「撃て！」と言った。私は引き金を引いた。百の閃光《せんこう》が見えて百の銃声が聞こえた気がし、それから、男が鞍から転げ落ちるのが見えた。私がとっさに感じたのは、驚きに彩《いろど》られた満足感だった。とっさに抱いたのは、新米狩猟者が抱く、飛んでいって獲物を拾い上げたいという衝動だった。誰かが、ほとんど聞こえないくらいの声で、「よし——やっつけたぞ！　仲間が来るのを待とう」と言った。だが仲間は来なかった。私たちは待ち、耳を澄まし、それでももう誰も来なかった。音ひとつなかった。葉がそよぎすらしない。完璧な静かさ、気味悪い静かさがあるばかりだった。湿った、土臭い、夜更《よふ》けの匂《にお》いが漂ってきてあたりを包んでいくせいで、気味悪さはいっそう深まった。やがて、迷いながらも、私たちはこっそり外へ出ていき、男に近づいていった。男の許《もと》にたどり着くと、月がくっきりその姿をさらした。男は仰向《あおむ》けに倒れて、両腕を横につき出していた。口は開いて、胸は緩慢な喘ぎとともに上下し、白いシャツの前面はぐっしょり血に染まっていた。自分は人殺しだという思いが私の胸をよぎった。私は人を、私に何の害も及ぼしたことのない人を殺したのだ。これほど冷たい思いに骨の髄を貫かれるのは初めてだった。次の瞬間、私は男の前にひざまずき、ほかに何もできぬままその額を撫《な》でていた。あのとき、この男を五分前の状態に戻すことができたなら、私は何だって——自分の命だって、喜んで——投げ出しただろう。そして仲間たちもみな同じ気持ちでいるようだった。みんな男の周りにとどまって、憐《あわ》れみのまなざしで一心に見つめ、何とか助けようとやれるだけのことをやり、後悔の言葉をあれこれ口にした。敵軍のことはみんなもうまったく頭になかった。誰もがこの一人の、敵の取り残された一単位のことしか考えていなかった。私の想像力が活動し、この瀕《ひん》死《し》の男はその曇った目から私に非難のまなざしを向けているのだと私は思い込むに至り、こんな目で見るよりいっそ私を刺し殺してくれたら、と思わずにいられなかった。眠って夢を見ている者のように、男は妻と子について何かぼそぼそ呟《つぶや》き、私は新たな絶望とともに、「私がやったこの行ないはこの男で終わりはしないのだ、この男の妻と子にも降りかかるのだ、二人ともこの男と同じく私に何の危害も加えていないのに」と考えた。

少し経《た》って、男は息絶えた。男は戦争で殺された。公正な、合法の戦争で殺された。いわゆる戦死である。けれども彼は、敵の者たちによって、あたかも彼らの兄弟であるかのように心底その死を悼まれたのである。若者たちは三十分間彼の死を悲しんでそこに立ち、その悲劇の細部を思い起こし、この人は何者なのだろう、偵察兵なんだろうかと思案し、もう一度やれるものなら今度はこの人の方から襲ってこないかぎり傷つけはしない、と言った。まもなく、発射された弾丸は私のだけではないことが明らかになった。ほかにも五人いたのだ。罪悪感を分けあえて、私は有難く、ほっとする思いだった。自分が抱え込んだ重荷を、ある程度軽減してもらえたのだから。六発の弾丸が同時に発射されたのに、あのとき私はまともな精神状態になく、熱せられた想像力のせいで、自分のただ一発の発砲が、一斉射撃に化けていたのである。

男は軍服を着ていなかったし、武器も持っていなかった。この地方の住民でもなかった。男について私たちにわかったことはそれだけだった。彼をめぐる思いが、毎晩私を苛《さいな》むようになっていった。私はその思いを追い払えなかった。どうやっても駄目だった。あの無害な命を奪ったのは、この上なく理不尽なことに思えた。そしてこれが、戦争というものの縮図に思えた。すべての戦争は、まさにこういうことにちがいない——自分が個人的には何の恨みもない赤の他人を殺すこと、ほかの状況であれば困っているのを見たら助けもするだろうしこっちが困っていたら向こうも助けてくれるであろう他人を殺すこと。私の行軍は、いまや損なわれてしまっていた。このおぞましい仕事に、どうやら自分は向いていない気がした。戦争とは大人の男のためのものであり、私は乳母に世話を焼かれるのが分相応なのだ。己の自尊心がまだ少しでも残っているうちに、こんなまやかしの兵士稼業から足を洗おう、そう私は決意した……そんなあれこれ病的な思いが、理性に反して私にとり憑《つ》いた。なぜなら私は、心の底で、自分があの男を撃ったとは思っていなかったのである。確率の法則からして、私があの男の血を流したとは考えがたい。それまで銃に触れたささやかな経験のなか、私は撃とうとしたものを撃てたことは一度もなかったのであり、あのときも私は彼を撃とうと最善を尽くしたのだ。けれど、そう思っても慰めにはならなかった。病んだ想像力の前で、論理的な証明は無力である。

その後の私の戦争体験も、これまで述べてきたこととほぼ同質である。私たちは相も変わらずあちこちの野営地への退却をくり返し、行く先々でタダ飯にありついた。農夫たちと、その家族の辛抱強さは、いま思うと感嘆せざるをえない。私たちは彼らに撃たれたって文句は言えなかった。なのに彼らは、私たちにそんな資格があるかのように親切にもてなし、礼儀正しく接してくれたのだ。そうした野営地のひとつで、私たちはミシシッピ川上流の水先案内人アブ・グライムズに出会った。のちに彼は命知らずの南軍偵察兵として名を上げ、勇猛果敢な冒険に満ちた経歴を築き上げることになる。その仲間たちの見かけ、しぐさを見ていても、こいつらは戦争に遊びに来たのではないということが窺《うかが》えたし、その憶測が正しかったことはその後彼らが挙げた功績によって証明されることになる。彼らは乗馬に秀《ひい》でていたしリボルバーの名手でもあったが、一番得意なのは投げ縄であった。誰もが鞍頭《くらがしら》に投げ縄を掛けていて、馬を全速力で走らせていても、よほど離れていないかぎり、狙《ねら》った相手を確実に鞍から引き下ろすことができた。

別の野営地の隊長は、荒々しい、野卑な、六十歳の鍛冶屋で、二十人の入隊者たち全員に、手作りの巨大な猟刀《ボーイ・ナイフ》を与えていた。パナマあたりで見る山刀《マチェーナ》のように、両手で振り回す代物《しろもの》である。その冷酷無比の、老いた狂信者の指導の下、一同が人殺しの一撃一刀を真剣に練習している情景は見ていてぞっとさせられた。

私たちが撤退先に選んだ最後の野営地は、私の生まれたモンロー郡フロリダの村からもほど近い谷間にあった。ある日、そこにいる最中に、北軍の大佐が一連隊丸ごと従えて私たちを急襲しようとしているという警告が届いた。これはいかにも深刻な話のようだ。私たちは手分けして、ほかの隊の連中に相談しに行った。それから集合し、居合わせた一連の隊の人々に、我々は戦争に失望したから解散するつもりだ、と伝えた。ほかの連中はみな、どこかよそに退却する準備を進めていて、いまにも到着するはずのトム・ハリス将軍を待つばかりになっている。そこで彼らは、少し待ってみてはどうか、と私たちの説得に乗り出したが、私たちの大半は断った。いいや、俺たち退却なら慣れてるからね、トム・ハリスの助けなんて要らないさ、あんな人がいなくてもやって行けるよ、その方が時間だってかからないし、と。かくして、十五人のうち、私も含めて半数くらいが、その場で馬やラバに乗って立ち去った。残りの連中は説き伏せられてとどまった——戦争の終わりまで。

一時間後、私たちは路上でハリス将軍とすれ違った。将軍は隊の人間を二、三人連れていた。たぶん参謀たちだろうと思ったが、誰も軍服を着ていなかったから確かなことはわからなかったた。軍服は私たちのあいだでまだ流行になっていなかったのだ。ハリスは私たちに戻れと命令したが、私たちは彼に、北軍の大佐が連隊丸ごと連れてやって来るんですよ、こいつは只事《ただごと》じゃ済みませんゃ、だからもう家へ帰ることにしたんですと言った。彼はしばし激怒したが、無駄だった。私たちの決心は固まっていたのだ。もう自分たちがやるだけのことはやった。人を一人殺して、軍隊もひとつ――まあ大した軍隊じゃないが――消滅させた。あとはハリスを行かせて、残りの連中を殺す仕事も任せる。それで戦争も終わるだろう。そのきびきびした若い将軍には、昨年になるまで再会しなかった。昨年の彼は髪も白くなり、頬ひげを生やしていた。

のちに私は、その到来によって私を怯えさせ戦争の外に追いやり、そのぶん南軍から力を奪った北軍の大佐が誰だったかを知った。ほかならぬグラント将軍である。彼がまだ、私と同じくらい無名であった時期に、私は彼と出会う数時間以内のところまで接近したわけだ。あのころは誰かが「グラント？　ユリシーズ・S・グラント？　聞いたことない名前だなあ」と言ったって少しも不思議はなかった。そんな発言がまっとうに為されえた時がかつてあったとは実感しがたいかもしれない。でも本当にあったのだ。そして私はその場所、その機会から数マイルのところにいたのだ――反対方向に進んでいたわけだけれど。

思慮深い読者は、私のこの戦争談を無価値なものとして軽々しく葬《ほうむ》ったりはなさるまい。この体験談にもちゃんと価値はある。すなわちこれは、南部が反旗を翻《ひるがえ》した最初の数か月、新兵たちがまだ何の規律も叩《たた》き込まれておらず、訓練を積んだ指導者たちの導きに鼓舞《こぶ》され鍛え上げられもせず、まだあらゆる状況が新しく未知であり、誇張された恐怖がはびこり、戦場での実際の衝突の貴重な体験が臆病《おくびょう》なウサギを一人前の兵士に変容させるのもまだ先の話だったころに、実に多くの民兵隊で起きていたことの、それなりに公平な記述なのである。戦争初期のこうした側面が、まだ歴史に組み入れられていないとすれば、歴史はそのぶん不十分である。これも歴史にしかるべき居場所を有していたのであり、いまも有しているのだ。この地域の戦争初期の野営地には、ブルランで事実見られたよりももっとたくさん、ブルランに相応しい人材がゴロゴロしていたのだ（ブルランは南軍が二度勝利を収めた戦場として有名だが、ここでは、一度目の戦いで北軍の志願兵新兵が大挙逃げ出したことに触れている）。だが兵たちはやがて己の義務を学び、のちの大いなる戦闘に貢献した。私もあそこで待つことにしていたら、そうした兵士になっていたかもしれない。そんな私も、ひとつのことを学びはした。退却のことなら、退却というものを発明した人間以上に私はよく知るに至ったのである。

一八八五年十二月

フェニモア・クーパーの文学的犯罪

『道拓人《パスファインダー》』と『鹿殺し《ディアスレイヤー》』はクーパーの全小説の中で最高峰の芸術作品である。他の作品でも、これら二作に見られるのと同じ完璧《かんぺき》さを有する箇所は幾つかあるし、一層血湧《わ》き肉躍《おど》る場面すらある。が、完成した一個の全体としては、これら二作に匹敵するものは一つも無い。

これら二つの物語の欠陥は比較的軽微である。それらは掛け値無しの芸術なのだ。

——ラウンズベリー教授

五つの物語は並外れた創造の才を余すところなく発揮している。

（……）「ナッティ・バンポー」は小説史に於ける最も偉大な人物の一人であり

（……）

猟師の手練《だ》れ、罠《わな》猟人の芸当、森で生きる為の種々の精緻《せいち》な技術、それらにクーパーは若い頃から慣れ親しんでいたのである。

――ブランダー・マシューズ教授

クーパーは米国がこれ迄《まで》生んだ最高の冒険物語作家である。

――ウィルキー・コリンズ

どう考えても間違っているのではないか。イエールの英文科教授と、コロンビアの英文科教授と、文豪ウィルキー・コリンズが、クーパーの作品をろくに読みもせず意見を表明するとは。余計な口は出さずに、クーパーを読んだことのある人間に喋《しゃべ》らせてくれた方が、はるかに礼に適《かな》っていただろう。

クーパーの芸術にはいくつかの欠陥がある。『鹿殺し』のある箇所で、それも三分の二ページという限られたスペースのなかで、文学という芸術に対して犯しうる一一五の罪のうち一一四をクーパーは犯している。記録破りと言うほかない。

冒険物語の芸術を統制している規則は一九ある（二二と言う者もいる）。『鹿殺し』においてクーパーはうち一八に違反した。一八の内容は以下の通りである。

1 物語が何かを達成し、どこかに到達すること。だが『鹿殺し』は何も達成せず空《くう》に到達するのみである。

2 物語内のさまざまなエピソードは物語の必然的要素であり、物語の展開に寄与すること。だが『鹿殺し』の物語は物語になっておらず、何も達成せずどこにも達しないので、一連のエピソードは作品内にしかるべき位置を持たない。展開に寄与しようにも展開がないからである。

3 登場人物は、死体の場合は別として、生きていること。そして読者がつねに死体と死体でないものを区別しうること。この点も『鹿殺し』ではしばしば蔑《ないがし》ろにされる。

4 登場人物は、死者も生者も、そこに登場したそれなりの理由を身をもって示していること。この点も『鹿殺し』では見過ごされている。

5 登場人物たちが会話に携わる場合、それが人間の話し方に聞こえ、個別の状況において人間が実際に話しそうな話し方であり、発見可能な意味を有し、発見可能な目的も有し、それなりの関連性を持ち、挙がっている話題から大きく逸脱することなく、読者にとっても興味深く、物語の進行を助け、当人たちが何も言うことを思いつかなくなったらそこでやめること。この要請は『鹿殺し』の物語において最初から最後まで無視されている。

6　作者が登場人物の性格を描写したら、その人物のふるまいや話し方はその描写を裏付けるものであること。この掟《おきて》は、「ナッティ・バンポー」の例でのちに十分明らかになるとおり、『鹿殺し』ではほとんど注意を払われない。

7　ある登場人物が、段落のはじまりで、挿絵入り、金縁、木目仔牛革《こうしがわ》、型押し付き、一冊七ドルの高級ギフトブックのような喋り方をするのであれば、段落の終わりに至って黒人に扮《ふん》した寄席《よせ》芸人のように喋ってはならない。このルールは『鹿殺し』において投げ捨てられ踏み躙《にじ》られている。

8　無知な愚かしさを、作者も登場人物も、「猟師の手練れ、森で生きる為の精緻な技術」などと称して読者に押しつけたりせぬこと。このルールも『鹿殺し』は執《しっ》拗《よう》に違反しつづける。

9　登場人物は実際に起こりうることに自らを限定し、奇跡には手を出さぬこと。あえて奇跡を企てるのであれば、作者はそれなりの御《お》膳《せんだ》立てを施し、それを可能な、納得の行くものにすること。だが『鹿殺し』ではこのルールは尊重されない。

10　作者は読者が登場人物とその運命に深い関心を抱くよう努めること。読者が物語のなかの善人を愛し悪人を憎むよう導くこと。だが『鹿殺し』の読者は善人をうっとうしく思い、それ以外の連中をどうでもいいと思い、みんな一緒に溺《おぼ》れてしまえと願う。

11 登場人物は明確な性格を与えられ、急場において彼らがどうふるまうか読者があらかじめ予測できること。だが『鹿殺し』においてこのルールは無効にされる。

以上の大きなルールに加えて、もう少し小さなルールもいくつかある。

12 作者は言わんとしていることを言うこと——単にそのそばに寄るのではなく。

13 正確な言葉を使うこと——そのまたいとこをではなく。

14 過剰を避けること。

15 必要な細部を省かないこと。

16 形式上のずさんさを避けること。

17 まともな文法を用いること。

18 シンプルな、率直な文体を使うこと。

これら七つさえ、『鹿殺し』は冷酷かつ執拗に違反している。

クーパーの創造の才は豊かなものではなかった。が、彼はそのなけなしの才をとことん活用した。それらの生む効果に気をよくし、実際、時にはなかなかいい感じの結果を生み出してもいる。彼のささやかな小道具箱には、七つか八つの狡猾《こうかつ》な仕掛け、芸、術策が入っていて、彼の描く蛮人や猟師たちはそれを使ってはたがいに騙《だま》しあい欺《あざむ》きあう。こういう罪のない小道具を使ってそれがうまく行くのを見ることをクーパーは何より好んだ。中でもお気に入りは、鹿革靴《モカシン》をはいた人物に、鹿革靴をはいた敵の足跡をなぞらせて自分の足跡を隠させる、というものである。このトリックを活用するなかでクーパーは何樽《たる》分もの鹿革靴をはきつぶした。もうひとつ、かなり頻繁に箱から出した仕掛けは、枯れ枝である。地面に落ちた枯れ枝を、クーパーはほかのどの仕掛けよりも珍重したし、活用した度合も一番甚《はなは》だしい。彼のどの作品であれ、誰かが枯れ枝を踏んづけて周囲二〇〇ヤード（一ヤードは約〇・九一メートル）のインディアンと白人全員を警戒させる、という事態が一度も起きない章があったらそれはよほど平和な章である。クーパーの登場人物が危険に陥って、いっさい音を立てぬことが毎分四ドルの値打ちがあるほど肝要なとき、そいつはかならず、枯れ枝を踏んづけるのだ。踏むならほかにもっと手頃なものがいくらでもあるだろうに、クーパーはそれでは満足しない。そいつにわざわざ枯れ枝を探し出して踏んづけるよう求めるのである。見つからなければ、誰かに借りに行くよう求める。革脚絆連作《レザー・ストッキング・シリーズ》と呼ばれている五部作は、折枝連作《ブロークン・トゥイッグ・シリーズ》と呼ばれるべきだったのだ。

ナッティ・バンポーをはじめとするクーパー的エキスパートらが実践する、森で生きるための精緻な技術の例を何十と並べるスペースがないのが残念である。でもまあ二、三サンプルを挙げてみよう。クーパーは船乗りであった。海軍士官である。にもかかわらず、彼は大真面目《おおまじめ》に、強風に遭って風下の海岸に流されつつある船が、船長によって特定の地点に向かうよう操られるさまを語る――そこに引き波があるのを船長が知っていて、それが強風の力を打ち消し、船を護《まも》ってくれるというのだ。森の手練れだか船の手練れだかわからないが、大したものではあるまいか？　また何年ものあいだ、クーパーは大砲と生活を共にしていた。だから、大砲の弾が落ちたらそれは地面に沈むか、もしくは一〇〇フィート（一フィートは約三〇センチ）ばかり跳ね、そしてもう一度一〇〇フィートばかり跳ね……やがて弾もいい加減飽きてあとはゴロゴロ転がるものだということを見知っていたはずである。さて、ある箇所でクーパーは、霧の夜に何人かの「御婦人方《フィーメイルズ》」――彼は女性をいつもこう呼ぶ――を平原近くの森のはずれで迷子にさせる。これもすべて、森で生きるための精緻な技術をバンポーが読者の前で披露するチャンスを与えるためである。これら道に迷った人々は、ある砦《とりで》を探している。

と、大砲の轟音《ごうおん》が聞こえ、まもなく大砲の弾がゴロゴロ森に転がってきて、彼らの足下で停止する。御婦人方はここから何の意味も読みとれない。だが我らがバンポーは違う。彼はただちに大砲の弾の転がった跡をたどっていって、濃霧の中で平原を越え、見事砦を探し出すのである。これってすごくないだろうか？　自然がどのように物事を行なうか、もしクーパーが本当は知っていたとすれば、そのことを隠す技術も超一流だったと言わねばならない。たとえば、彼の描く鋭敏なるインディアンの達人の一人 Chingachgook（シカゴ、と読むのだと思う）[1]が森の中である人物を追っていて、その人物の足跡を見失う。どうやらその足跡は、もはや取り返しようもなく失われたらしい。あなたも私も、それをどうやって見つけたらいいか、いくら考えてもわかるまい。しかしシカゴは違う。シカゴが立ち往生していたのはほんの一瞬にすぎない。シカゴが小川の流れを動かすことによって、元の川底の泥に、件《くだん》の人物の鹿革靴の足跡が現われるのである。川の流れも、普通なら足跡を洗い流していたところだろうが、ここではそうしなかった。そう、自然の永久の法則すらも、森で生きる手練れをめぐる精緻なペテンをクーパーがかます際には譲歩を余儀なくされるのである。

「クーパーの作品は並外れた創造の才を余すところなく発揮している」というブランダー・マシューズの科白《せりふ》も鵜呑《うの》みにしてはならない。概して私は、ブランダー・マシューズの文学的見識を尊重するにやぶさかでないし、彼がそれを述べる上での明晰《めいせき》にして優雅な言葉遣いにも称賛の念を表《ひょう》したい。だがこの一言に関しては、眉《まゆ》にたっぷり唾《つば》つけて聞かねばならない。ああ、クーパーは馬ほどの創造の才も持ちあわせていなかったのだ。それも一等級の馬というのではない、衣服馬《クローズ＝ホース》(えもん掛けのこと)ほどすらもないのである。クーパーの作品において、本当に巧妙に作り上げられた「山場」を見出《みいだ》すのは困難だし、その描き方によって馬鹿馬鹿《ばかばか》しいものにしてしまっていない山場となると、どんなたぐいのものであれもっと見つけがたい。「洞穴」のエピソードや、その数日後の、高原でのマグアとほかのインディアンとの名高い取っ組みあいを見てみるといい。あるいは、ハリー・ハリーが行なう城から「箱舟」への奇妙な水上移動。[2]あるいは、鹿殺しが初めての死体と過ごす三〇分。あるいはその後の、ハリー・ハリーと鹿殺しとの喧嘩《けんか》。あるいは——いや、好きに選んで構わない。どれを選んでも大丈夫だから。

もしクーパーに観察眼というものがあったなら、創造の才ももっと発揮できただろう。より興味深くかどうかはともかく、より論理的に、より妥当に。クーパーが一番自慢に思っている山場ですらも、観察眼の後ろ盾がないせいで大幅に損なわれている。クーパーの目は素晴らしく不正確である。何であれクーパーは、めったに正確に見なかった。彼はほとんどすべてのものを、ガラスの目を通して、朧《おぼろ》に見たのである。[3] 言うまでもなく、ごくありきたりの日常的な事柄も正確に見られないのでは、「山場」を組み立てる上で不利は否《いな》めない。『鹿殺し』でクーパーは、ある川が湖から流れ出るところで五〇フィートの川幅を与えている。川はやがて、くねくね進んでいくなか、何の理由もなく幅二〇フィートに狭まる。川がこういうふるまいに走る場合は、川から一言釈明があってしかるべきである。一四ページのあいだに、湖から出たときの幅が一気に三〇フィート縮んで「その川の一番狭い箇所」になっているのである。この縮みに、何の説明も与えられていないのだ。川にはいくつか湾曲部があり、ということは間違いなく沖積土《ちゅうせきど》の土手があって、それが幅を狭めはするだろう。だがこれらの湾曲部は、長さわずか三〇フィート、五〇フィート程度なのだ。クーパーがきちんと、几帳面《きちょうめん》に観察する人間であれば、そうした湾曲部が概して九〇フィートを越えることに気づいただろう。

　クーパーはまず、川の始点の幅を何の理由もなく五〇フィートに定めた。次にそれをわずか二〇フィート以下に狭めたのは、一部のインディアンの便宜を図るためである。この狭い水路の上に、彼は「若枝《わかえだ》」を曲げてアーチのように渡し、その葉叢《はむら》の中に六人のインディアンを隠すのである。インディアンたちはそこに「ひそんで」、湖へ向かって川をのぼって来る、開拓者の平底船《スカウ》（「箱舟」と称している）を待伏せしている。船は激しい流れに抗して、一方の端を湖に固定したロープによって引っぱられている。その進度はせいぜい時速一マイル（一マイルは約一・六キロ）というところだろう。クーパーはこの「箱舟」をいちおう描写しているが、ごく曖昧《あいまい》にである。大きさに関しては「現代の運河船とさして変わらない」。であれば、長さおよそ一四〇フィートとしよう。幅は「普通より大きかった」。であれば、幅およそ一六フィートとしよう。この巨船が、その三分の四倍の長さしかない湾曲部をうろつき、両側二フィートずつしか空きのない中を、土手をかすめるようにして進んでいくのである。この奇跡にはいくら感心してもしすぎることはない。屋根の低い丸太の住居が「箱舟の縦三分の二の長さ」だというから、長さ九〇フィート、幅一六フィートの住居としよう。列車みたいなものである。住居は二部屋に分かれているので、それぞれ長さ四五フィート、幅一六フィートと仮定しよう。一方がハッターの娘二人ジュディスとヘティの寝室であり、もう一方が昼は居間、夜はパパの寝室である。箱舟はいまやインディアンの便宜を図って幅二〇フィート以下に——とりあえず一八フィートとしよう——縮められた川の始点に達しつつある。舟の両側には一フィートずつ空きがあるのみ。ずいぶん窮屈な通過になることをインディアンたちは気づいていただろうか？　アーチ形になった若枝なぞにひそまずとも、箱舟が狭いところを通りかかったときに横からあっさり乗り込めばいいことをインディアンたちは気づいていたか？　いいや。ほかのインディアンならそういうことに気づくだろうが、クーパーのインディアンたちは絶対に何ひとつ気づかない。クーパーはインディアンのことを、物事に気づく力が並外れた生き物だと考えていたが、彼はインディアンについてほとんどいつも間違っていた。クーパーのインディアンたちのなかで正気の者はめったにいない。

箱舟は長さ一四〇フィート、住居は九〇フィート。インディアンたちの目論見《もくろみ》では、アーチ形の若枝にひそんで、時速一マイルの速さでのろのろ進む箱舟が下を通りかかったらこっそり音もなく住居に降りたち、一家を皆殺しにする気である。箱舟が下を通り過ぎるには一分半かかる。九〇フィートの住居が通り過ぎるにも一分かかる。それで、六人のインディアンたちはどうしたか？　あなたが三〇年かかって考えても、きっと降参するしかあるまい。だから、インディアンたちがどうしたか教えてあげよう。彼らの首長は、クーパーのインディアンにしては途方もない知性の持ち主であったが、眼下の狭い水路をこの運河船が過ぎていくのを油断なく見守り、計算をぴったり正確に進めて、これで完璧というタイミングで手を離し、飛び降りた。そしていいいいいいいい住居に降りそこなった！　本当にそうなのだ。降りそこない、平底船の船尾に落ちたのである。大した落下距離ではなかったが、それでも首長は頭を打って気絶した。意識を失って大の字に倒れた。もし住居が九七フィートあったら、きっと成功していただろう。落ち度はクーパーにあるのであって、首長にではない。過《あやま》ちは住居の設計にあった。クーパーは建築家として失格であったのだ。

葉叢にはまだ五人インディアンがひそんでいる。船は眼下を通り過ぎ、いまや届かない場所にある。五人が何をしたか、説明して進ぜよう——あなたがいくら考えたところで推理できはしないから。第一号は船めがけて飛び降り、その後方の水中に落ちた。第二号は船めがけて飛び降り、さらに後方の水中に落ちた。次に第三号が船めがけて飛び降り、はるか後方の水中に落ちた。次に第四号が船めがけて飛び降り、ずうっと後方の水中に落ちた。次に第五号も船めがけて飛び降りた——何しろ彼はクーパーのインディアンなのだ。[4] 知性に関して言えば、クーパーのインディアンと葉巻店の店頭に立つインディアンとのあいだに大差はない。このエピソードはまさに、創造の才の崇高なる発露である。だがそれは読み手の胸を揺さぶらない。細部が不正確であるために、嘘《うそ》っぽさ、ありえなさの雰囲気が全体を覆《おお》ってしまっているからだ。これもクーパーが観察者として失格であることから来ている。

クーパーの不正確な観察の才を確かめるには、『道拓人』の射撃合戦の記述が好適である。「普通の作りの釘《くぎ》が、まずその頭にペンキを塗ってから、標的に軽く打ち込まれた」。ペンキの色は述べられていない——重大な欠落だが、クーパーは重大な欠落を気前よくふるまう書き手なのである。いや、考えてみれば、重大な欠落ではない。なぜならこの釘の頭は射手から一〇〇ヤード離れていたのであり、何色であってもそれだけ距離があっては見えっこないからである。最高にいい目は、ありきたりのイエバエを、どのくらいの距離から見ることができるか？　一〇〇ヤード？　ありえない。そう、一〇〇ヤード離れたイエバエが見えない目は、同じ距離のありふれた釘の頭も見えはしない。両者の大きさはだいたい同じなのだから。ハエであれ釘であれ、五〇ヤードの距離から見るのでも相当にいい目でないと無理だ。フィートにして一五〇。読者には見えますか？

頭にペンキを塗った釘が軽く打ち込まれ、いよいよ勝負開始。ここからクーパー流奇跡がはじまる。一人目の射手の撃った弾丸は、釘の頭の端を少し削りとる。二人目の弾丸は、釘を標的のなかにさらに深く押し込んだ——そしてペンキをすべて剝《は》がした。これでもう奇跡としては十分ではないか？　否、クーパーにはまだ足りないのだ。このエピソード全体の目的が、鹿殺し《ディアスレイヤー》＝鷹の目《ホークアイ》＝長施条銃《ロング・ライフル》＝革脚絆《レザー・ストッキング》＝道拓人《パスファインダー》＝バンポー[5]の偉人さを女性陣の前で見せびらかすことなのだから。

「さあ皆の衆、行くぞ！」と道拓人は、友の足跡が空いた途端《とたん》そこに自らの足を踏み入れながら叫んだ。「新しい釘なぞ打たんでいい！　ペンキが剝げても俺にはちゃんと見えるし、見えるものだったら、蚊の目玉だって一〇〇碼《ヤード》の距離から撃ってみせる。さあ、行くぞ！」

施条銃《ライフル》の銃声が轟《とどろ》き、弾丸が突進し、釘の頭を板に押し込み、平たくなった鉛がそれを覆った。

この男ならライフルで蠅だって撃ち落とせる。いまの世に戻ってこさせることができたら、大西部《ワイルド・ウエスト》ショーに出てさぞ高給を稼ぐにちがいない。この離れ業《わざ》だけでも十分驚異的だが、クーパーにはこれでもまだ足りない。もうひとひねり入れないと気が済まないのだ。すなわち彼は、道拓人に他人のライフルを使わせてこの奇跡を成し遂げさせるのであり、しかも道拓人は弾丸を自分で込める機会さえ与えられなかったのだ。何もかも不利な条件ばかりだったのに、そのありえない一撃を彼は決めた。それも単に決めただけでなく、絶対の自信をもって、「さあ、行くぞ」と言って決めたのである。こういう人間であれば、煉瓦《れんが》のかけらでだって同じ離れ業に挑んだだろうし、クーパーの助けを借りてしっかり成し遂げたことだろう。

道拓人はその日、女性陣の前でいいところを見せつけた。一番最初の離れ業だって、いかなる大西部ショーも遠く及ばない偉業である。彼は射手《しゃしゅ》たちの一団とともに立って、見物していた——くどいようだが、標的から一〇〇ヤード離れたところで。ジャスパーなる男がライフルを持ち上げ、的の中心のそのまた真ん中に撃ち込んだ。次に、主計将校が撃った。今回は標的に何の変化も表われなかった。笑い声が上がった。

「まるっきり外れたな」とランディ少佐が言った。道拓人はしばし悠然と待ったのち、あの落ち着いた、平然とした、いかにも知ったふうな調子で言った——「違いますよ、少佐。いまのはジャスパーの弾にかぶさったんです。誰か的まで行って見てみればわかります」

すごくないだろうか！　いったいどうやって小さなつぶてが宙を飛んで遠い弾丸の穴に入るのが見えたのか？　だが彼はまさにそれをやってのけた。クーパーの登場人物にとって、何ひとつ不可能なことはないのだ。居合わせた人々の誰か、これについて根深い不信を抱いた人はいたか？　ノー、いたらそれは正気のしるしであり、ここにいるのはみなクーパー世界の住人なのだ。

道拓人の技能と、視力の素速さと正確さ（強調引用者）とに対する皆の敬意はこの上なく深く、誰もが共有していたから、彼がそう宣言した途端に見物人達は己の見解を疑い始め、事実を確かめようと十人ばかりが標的に飛んで行った。果たせるかな、主計将校の弾丸は、ジャスパーの弾丸が空けた穴を貫いていた。然《しか》も、余りに正確に貫通したものだから、仔細《しさい》に調べないことには事態は定かでなかった。標的が据えてあった木の幹の中に二発の弾丸が入っていて、一方がもう一方を覆っていることが直《じき》に判明したことで、やっと事実が確認されたのである。

「仔細に」調べたという。だがそれはいい、その穴に弾丸が二発入っていることが、新しい方を掘り出しもせずにどうしてわかったのか？　いくらついていても、しげしげ見ても、それだけでは一個の弾丸の存在しか証明できないはずだ。では掘ったのか？　いや、そうではない。ここで道拓人の出番なのだ。彼は女性陣の前に歩み出て、狙《ねら》いを定め、撃つ。

だが、嗚呼《ああ》！　失望が生じる。信じられない、考えられない失望が――標的の見た目は何も変わらないのだ。さっきの弾丸の穴があるだけ！

「敢《あ》えて言わせて貰《もら》えば」とダンカン少佐が叫んだ。「どうやら道拓人も外したらしいな」

まだ誰も外していないのだから、「も《オルソー》」はおかしい。だがそんなことはよろしい、道拓人が口を開かんとしている。

「いえいえ、少佐」と彼は自信たっぷりに言った。「そんな風に言い切るのは危険ですよ。俺は自分で弾を込めてないから何が入ってたか知りませんが、若《も》し鉛なんだったら、そいつが主計将校の弾とジャスパーの弾を押し込んだ筈《はず》です。じゃなかったら道拓人の名を返上しますよ」

標的の方から叫び声が上がり、その断言の真なることを伝えた。

これで奇跡は十分か？　否、クーパーにとっては。道拓人はふたたび、「御婦人方の占めている舞台の方に悠々と歩みながら」口を開く。

「それだけじゃないぞ、皆の衆、それだけじゃない。若し的に弾が少しでも触っていたら、俺は撃ち損ないを認める。主計将校の弾は木を削ったが、俺の一発は少しも削ってないはずだ」

奇跡がついに完成する。彼は知っていたのだ——きっと見たのだ——一〇〇ヤードの距離から——自分の弾丸が穴の縁をかすることなく穴に入ったことを。これでひとつの穴に三つの弾が入ったわけだ——標的のうしろの幹に三つの弾丸が順々に埋まっているのだ。誰もがそのことを——どうやってか——知っている、誰一人掘り出して確かめていないにもかかわらず。クーパーは注意深い観察者ではない。だが興味深くはある。何があろうと、彼はつねに興味深い。そして彼は、自分がやっていることを自覚していないときの方がしているときより興味深い。これはなかなかの長所である。

クーパーの作品の会話は、我々現代人の耳には奇妙に響く。かつてこういう喋り方が本当に人々の口から出てきていたのだと信じるとすれば、それはつまり、何か言いたいことがある人間にとっても時間など何ら価値のなかった時代がかつてあったと信じることである。二分の話を十分に引き延ばすのが習慣だった時代、人間の口が圧延《あつえん》機《き》であって長さ四フィートの思考の鉄塊を三〇フィートの会話的鉄道レールに引き延ばすことに一日じゅうかまけていた時代、主題に忠節を尽くし脱線なしで話すことなぞめったになく話があちこちさまよってどこへもたどり着かぬのが当たり前だった時代、会話が主として無関係な発言から成りところどころに関係ある発言も混じるのだけれど関係ある方がむしろバツの悪そうな顔をしていてどうして自分がここに紛れ込んだのか弁明できずにいたような時代がかつてあったと信じることである。

クーパーはおよそ対話を組み立てる名手ではなかった。ここでもやはり、不正確な観察が足を引っぱった。一週間に六日無教養な英語を喋る男は七日目にもそう喋るのであってそう喋らずにはいられないのだということすら彼にはわからなかった。『鹿殺し』において彼は鹿殺しに時折とびきりキザな物言いをさせるかと思えば、またあるときには崩れに崩れた方言を喋らせる。たとえば、恋人はいるのか、いるとすればどこに住んでいるのか、と誰かに訊《き》かれると、彼はこう壮麗に答える——

「彼女は森に居《い》るのだ——優しい雨に包まれて木々の大枝から垂れ下がり——開《ひら》けた草地に宿った朝露の中に——青空に漂う雲——森で歌う鳥——私が喉《のど》の渇きを癒《いや》す快い泉——神の摂理が齎《もたら》して下さる輝かしい全ての贈り物の中に彼女は居るのだ！」

その少し前には、こう言っていた――

「ダチの心配はそのダチの心配、だからそいつぁおいらの心配さ」

こんなことも言っている――

「おいらがインジン（インディアンのこと）に生まれてたら、こんなことを喋ったり、頭の皮持ってって部族みんなの前で威張ったりするかもな。それか、おいらの敵がただの態だったら――」云々《うんぬん》かんぬん。

スコットランド人の古参司令官が戦場で口数の多いメロドラマ役者みたいにふるまうなどとは想像しがたいが、クーパーにはそれが想像できる。あるとき、アリスとコーラが父親の砦の近くで霧の中をフランス軍に追いかけられて――

「奴らを皆殺しにせよ《ポワン・ド・カルティエ・オ・コカン》！」と、敵を指揮しているとおぼしき追跡者が熱を込めて叫んだ。

「さあいまだ、用意はいいか、わが勇敢なる第六〇部隊よ！」突如彼女たちの頭上で声が響いた。「敵の姿が見えてくるのを待て。低く撃ち、斜面を掃射せよ！」

「お父様！　お父様！」靄《もや》の中から耳をつんざく叫びが上がった。「私です！　アリスです！　お父様の娘エルジー（アリスの愛称）です！　お助け下さい！　どうかご自分の娘たちの命を！」

「止まれ！」と、いましがた声を上げた者が父親の苦悩もあらわに痛ましく叫び、その響きは森まで届いて、荘厳《そうごん》な谺《こだま》となって戻ってきた。「その声は！　神がわが娘たちを返して下さったのだ！　出撃路を開け。戦場へ出《いで》よ、第六〇部隊よ、戦場へ。決して引き金を引くでないぞ、わが仔羊たちに当たってはならぬ！　剣でもってフランスの犬どもを追い散らせ！」

クーパーの語感は並外れて鈍い。音楽に鈍感な人間は自分でもわからずに正しい音の近隣をフラットしたりシャープしたりする。ずっとメロディのそばにはいるのだが、それはメロディそのものではない。言葉に鈍感な人間は文学的にフラットしシャープする。その人間が何を言わんとしているかはわかるのだが、同時に、それを言っていないこともわかってしまう。クーパーはまさにそうである。彼は言葉の音楽家ではない。彼の耳は大体のいい言葉で満足してしまう。この告発を裏付ける状況証拠をいくつか提示しよう。以下の例は『鹿殺し』の五、六ページから集めたものである。クーパーは「言葉の《オーラル》」と言うべきところで「言語の《ヴァーバル》」と言い、「腕前《ファシリティ》」で済むところを「精《プリ》確さ《シジョン》」と言い、「驚異《マーヴェルズ》」でなく「怪異《フェノメナ》」、「予め決まっている《プリディターミンド》」でなく「必然的な《ネセサリー》」、「素朴な《プリミティヴ》」でなく「洗練されざる《アンソフィスティケイテッド》」、「予期《イクスペクタンシー》」でなく「準備《プリパレーション》」、「服従させる《サブデュー》」でなく「叱責する《リビューク》」、「〜から生じて《リザルティング・フロム》」でなく「〜に左右されて《ディペンデント・オン》」、「条件《コンディション》」でなく「事実《ファクト》」、「憶測《コンジェクチャー》」でなく「事実《ファクト》」、「用心《コーション》」でなく「予防措置《プリコーション》」、「決定する《ディターミン》」でなく「説明する《イクスプレイン》」、「失望して《ディサポインテッド》」でなく「ぞっとして《モーティファイド》」、「わざとらしい《ファクティシャス》」でなく「俗悪な《メレトリシャス》」、「かなり《コンシダラブリー》」でなく「著しく《マテリアリー》」、「深まっていく《ディープニング》」でなく「減少していく《ディクリーシング》」、「消えつつある《ディサピアリング》」でなく「増えてきている《インクリーシング》」、「同封された《エンクローズド》」でなく「埋め込まれた《エンベデッド》」、「敵意ある《ホスタイル》」でなく「背信の《トレチャラス》」、「屈んだ《ストゥープト》」でなく「立った《ストゥッド》」、「取って代わられた《リプレイスト》」でなく「和らげられた《ソフトゥンド》」、「述べた《リマークト》」でなく「応答した《リジョインド》」、「状態《コンディション》」でなく「情勢《シチュエーション》」、「異なる《ディファリング》」でなく「違った《ディファレント》」、「気づいていない《アンセンティエント》」でなく「無感覚な《インセンシブル》」、「速さ《セレリティ》」でなく「簡潔さ《ブレヴィティ》」、「疑わしい《サスピシャス》」でなく「疑われた《ディストラステッド》」、「愚鈍《インベシリティ》」でなく「精神的愚《メンタル・インベシリ》鈍《ティ》」、「視覚《サイト》」でなく「眼《アイズ》」、「対立する《オポージング》」でなく「相殺する《カウンタラクティング》」、「葬儀《オブシクイーズ》」でなく「告別葬儀《フューネラル・オブシクイーズ》」、とクーパーは言うのだ。

クーパーは英語が書けると大胆にも唱えた人々もかつてこの世にいたが、その彼らももはやない。ラウンズベリー以外はみなすでに他界した。ラウンズベリーがはっきりそう言った記憶はないが、『鹿殺し』は「掛け値なしの芸術」と称しているのだからそう言ったも同然である。芸術が掛け値なしということは、欠陥がない、すべての細部において欠陥がないということであり、そして言語とはひとつの細部にほかならない。せめてラウンズベリー氏が、クーパーの英語を自分が書く英語と較《くら》べてくれていたら——だがそうしていないことは明らかだ。したがって、氏は今日もなお、クーパーの文章が自分のそれに劣らずすっきり引き締まった英語だと思っているだろう。そして私はいま心の底から確信する、クーパーが現存するあらゆる英語のなかでもほぼ最悪の英語を書いたと、そして『鹿殺し』の英語はそのクーパーが書いたなかでも最悪であると。

私の見当違いということもありえようが、『鹿殺し』はどう見ても、いかなる意味においても芸術作品でないように思える。それは芸術作品を作り上げる細部をすべて欠いているように思える。早い話、『鹿殺し』は文学上の振顫譫妄《しんせんせんもう》（アルコール中毒による震え・幻覚）以外の何物でもないように思える。

芸術作品？　そこには何の創造性もない。何の秩序も、体系も、筋道も、帰結もない。真に迫ったところもないし、スリルも、興奮も、臨場感もない。人物の描き方は支離滅裂、そしてその人物たちは己の言動によって、作者の謳《うた》っているような人物ではないことを暴露している。ユーモアはお粗末、ペーソスは滑稽《こっけい》、会話は――嗚呼！　言葉では言いようがない。ラブシーンはおぞましく、文章は英語という言語に対する犯罪である。

これらをすべて除外して、残るのが芸術である。それは誰しも認めねばなるまい。

（一八九五年七月）

訳注

1　正しくは「チンガチグック」と読むはずだが、トウェインはそのややこしい綴《つづ》りをからかって知らないふりを装《よそお》っている。

2　手足を縛られ水中に落ちたハリーが、投げてもらったロープを口にくわえて箱舟に上がる。

3　新約聖書コリント前書「今われらは鏡をもて見るごとく見るところ朧《おぼろ》なり」（一三章一二節）のもじり。

4　木のインディアン人形は葉巻店のトレードマーク。

5　革脚絆物語五部作で、主人公ナッティ・バンポーのあだ名は一作ごとに違っており、ここではそれらをすべてつないでいる。

物語の語り方

物語を語るべきとおりに自分が語れると主張する気はない。私に主張できるのは、物語というものはどう語られるべきか知ってはいるということだけだ。長年のあいだ、物語を語らせたら最高の語り手たちと私は毎日のように接してきたのだ。

物語には何種類かあるが、難しいのは一種類だけだ。それは、ユーモラスな物語である。ここでも主にそれについて語る。ユーモラスな物語はアメリカのものであり、コミックな物語はイギリスのものであり、機知豊《ウィッティ》かな物語はフランスのものである。ユーモラスな物語のよしあしは語りのやり方《マナー》にかかっている。コミックな物語とウィッティな物語のよしあしは話の中身《マター》にかかっている。

ユーモラスな物語はえんえん相当な長さに紡《つむ》ぎ出されることもあり、好きなだけあちこちさまよい、特にどこにもたどり着かなくても構わない。だがコミックな物語、ウィッティな物語は短く、はっきり一点で終わらないといけない。ユーモラスな物語はゆるゆるとあぶくのように進んでいくが、コミック、ウィッティな物語はぱちんと弾《はじ》ける。

ユーモラスな物語は純然たる芸術作品である。高級で繊細で、芸術家のみが語りうる。コミック、ウィッティな物語を語るには何の芸も要らない。誰でも語れる。ユーモラスな物語を語る芸は――活字の語りではなく、口頭で語るということである――アメリカで生まれ、以後もアメリカにとどまっている。

ユーモラスな物語は重々しく語られる。何か面白いことがあるなんてことを少しでも勘づいているそぶりを、語り手はいっさい見せぬよう努める。コミックな物語の語り手は、これはいままで聞いたなかで最高級におかしい話なのだとあらかじめ告げ、嬉々《きき》としてそれを語り、語り終えたら自分が真っ先にゲフゲラ笑う。時には、それが受けたりすると、喜色満面オチをもう一回くり返し、客の顔を見回して喝采《かっさい》を求め、さらにもう一回くり返したりする。見苦しいことこの上ない。

もちろん、ゆるゆると続くたがの外《い》れたユーモラスな物語も、終わりにオチ、キモ、勘所《かんどころ》、等々さまざまに呼ばれるものが来ることは少なくない。なので、聞き手は油断してはならない。多くの場合語り手は、聞き手の注意をそらすべく、入念にさりげなく、どうでもよさげにそのオチをポロッと、自分でもそれがオチだとは知らないような調子で口にするのである。

アーティマス・ウォードはこの手を頻繁に使った。やがて聴衆が遅ればせながらジョークを理解すると、ウォードは顔を上げて無邪気な驚きを表わし、何がそんなに可笑《おか》しいんだろうと言いたげな顔をした。ウォードの前にもダン・セッチェルが使い、今日ではナイやライリーらが使っている。

コミックな物語の語り手はオチを隠したりしない。むしろ逆に、聞き手に向かって大声で叫ぶ——毎回、かならず。そしてこれをイギリス、フランス、ドイツ、イタリアで印刷する際はわざわざイタリック体を用い、そのあとに騒々しい感嘆符をいくつも付けて、時にはカッコ内に説明を加えたりする。もろもろ、何とも気の滅入《めい》る話であり、ジョークから足を洗ってもっとまともな人生を歩もうという気にさせられる。

過去一二〇〇年だか一五〇〇年だかずっと世界中で人気を保ってきた逸話を使って、コミックな語り方の例を書き留めておこう。こんなふうに語るのである——

傷を負った兵士。

ある戦《いくさ》のさなか、片脚を撃ち飛ばされた一人の兵士が、急ぎ足で通りかかった別の兵士に、自分が何を失ったかを伝え、後方に連れていってくれるよう頼んだ。すると軍神マルスの情け深き息子たるその兵は、不運な仲間を肩にかつぎ、その望みを叶《かな》えてやりにかかった。銃弾、砲弾が四方八方に飛び交い、程なく砲弾のひとつが負傷した男の頭を奪った。が、彼の救出者はそのことに気づかなかった。ほどなく将校がこの兵士に声をかけて、言った――

「おい、その死体を背負ってどこへ行くのか？」

「後方にであります――この男は、片脚を失《な》くしたのであります！」

「片脚を、だと？」と将校は仰天して言った。「頭をだろうが、この阿呆《あほう》」

そう言われて兵士は荷を降ろし、大いに当惑した顔でそれを眺めた。やっとのことで、兵士は言った――

「はい、おっしゃるとおりであります」。それから、一瞬間《ま》を置いて、こうつけ加えた――「ですが、**本人は私に**言ったのであります、**片脚を失くしたんだと!!!!!**」

ここで語り手は、雷のような馬鹿《ばか》笑いを何度も何度も爆発させ、ゼイゼイ喘《あえ》ぎ金切り声を上げ息を詰まらせながら、そのオチをくり返すのである。

この話をコミックな物語の形で語るには一分半しかかからない。つまるところ、語る価値はない。これをユーモラスな物語の形でやれば十分はかかり、ジェームズ・ウイットコム・ライリーに語らせればこれまで私が聞いたなかで最高級に可笑しい話となる。

ライリーはこれを、この話を初めて聞いたばかりの、いささか知恵の足りぬ老いた農夫を演じて語る。農夫はこの話を言語に絶する可笑しさだと思っていて、それを近所の知りあいに語ろうとしている。だが彼は話を思い出せない。それで何もかもごっちゃにしてしまい、ふらふら頼りなく堂々巡りをくり返し、話に関係ない、流れを遅らせるだけの冗長なディテールを盛り込む。それを律儀《りちぎ》に撤回し、代わりにそれと同じくらい役立たずの別のディテールを盛り込む。時おりささいな間違いを犯し、わざわざ話を止めてそれを訂正し、なぜそういう間違いを犯すに至ったかを説明する。しかるべき場所に盛り込むのを忘れた事柄を思い出し、その場所まで戻ってそれらを盛り込む。語りをしばし中断して負傷した兵士の名前を思い出そうとし、兵士の名前は出てこなかったことをやっと思い出して、名前はどのみちどうでもいいのだと落着き払って言う――そりゃわかってるに越したこたぁありませんがまぁべつにわからなければわからないで構わんわけで……云々《うんぬん》かんぬん云々。

語り手は無邪気で、楽しげで、得意げで、たびたび言葉を切っては自分を抑え、わっと笑い出さぬよう必死でこらえている。事実こらえはするが、内なるクスクス笑いゆえ体はぴくぴくゼリーのように震えている。十分が過ぎた時点で、聴衆はもう笑い疲れ、涙が顔を流れ落ちている。

老いた農夫の素朴、無邪気、誠実、無自覚が完璧《かんぺき》に演じられた結果、底抜けに愛すべき、絶妙なパフォーマンスが生じる。これは芸術である。洗練された、名手のみが為《な》しうる芸術である。もう一種の物語は、機械でも語れる。

ちぐはぐなもの、馬鹿げたものを、まとまりのない、時として目的もない形でつなぎ合わせ、それらが馬鹿げているという事実に無邪気にも気づいていないように見せること――私の見解が正しければこれこそアメリカ的な芸の根本である。二つ目の特徴は、ポイントをぼかすこと。三つ目は、あたかも考えながら喋《しゃべ》っているみたいに、見たところ自分でも知らぬ様子で、考え抜かれた一言をポロッとさりげなく口にすること。最後、四つ目は間《ま》である。

アーティマス・ウォードはこの三番目と四番目を活用した。まず、自分ではすごく面白いと思っているらしい話を生き生きと語りはじめ、やがて自信を失い、一見ぼんやりと間《ま》をとったのち、ちぐはぐな一言を独白のように呟《つぶや》く。それは地雷を爆発させることを意図した一言であり、地雷はつねに爆発した。

たとえばウォードは、熱心に、興奮した面持ちで、「昔、ニュージーランドで、歯が一本もない男を知ってました」と言い、そこで活気を失くし、それから無言の、内省的な間をはさんでから、夢見るような独り言口調で、「ですがその男、誰よりも太鼓を叩《たた》くのが上手でした」と言うのだ。

どんな物語でも、間はこの上なく重要な、頻繁に使われる要素である。それは繊細にして微妙な、かつ不確かで油断ならない代物《しろもの》である。長さはぴったりでなくてはならず、それ以上でもそれ以下でもいけない。外れれば目的は果たせず、話は失敗に終わる。間が短すぎると、聞き手の注意を捉《とら》えるべき瞬間が訪れずに終わり、何か不意討ちが用意されていることに聴衆は勘づいてしまい、ゆえにむろん、もはや不意討ちを喰わせることはできない。

かつて私は、よく講演会で黒人の幽霊ばなしを語ったが、この話はオチの直前に間があって、その間こそが物語全体で何より大事な要素だった。それをぴったりの長さで決めてみせれば、最後の一言を最大限の効果で投げつけることができ、感じやすい女の子がキャッと驚きの声を上げて席から飛び上がる——これが私の目標だった。「金《きん》の腕」という物語で、こんなふうに語られる。ご自分で練習なさるとよい。お忘れなく、肝腎《かんじん》なのは間である。間をしっかり決めることである。


金の腕。

昔むかし、おそろしくケチな男がおりまして、大草原に一人で暮らしておりました。女房はおりましたが、やがてこの女房が死んで、男は女房を大草原に運んでいきまして、埋めました。ですがこの女房、片腕が金で出来ておったんですね――肩から先全部、純金で。で、男は何しろケチ、底なしのケチです。金の腕が欲しくてたまらず、その晩は眠れもしませんでした。

真夜中になりまして、男はもう我慢できません。だもんで寝床から出て、ランタンを出して、嵐《あらし》のなかを出かけていって、女房を掘り出し、金の腕を取っちまいました。風に逆らって頭《こうべ》を垂れ、雪のなかをとぼとぼとぼとぼ歩いていきました。と、男はいきなり立ちどまって（ここでかなりの間をとって、ギョッとした顔をして聞き耳を立てること）「あわわ、ありゃ何だ？」と言いました。

耳を澄ましまして――なおも澄ましまして――すると風が（ここで歯をぎゅっと嚙《か》みしめ、風が吹き荒れる音を真似《まね》る）「ビュウゥゥゥ」と鳴りまして――それから、ずうっと向こう、墓のある方から、声が聞こえたんです！――声が風と混じりあいまして――どっちがどっちだかわかりゃしません――「ドュウゥゥゥ――あ-た-し-の――き-ん-の――う-で――とっ-た-の――だあれ？――ビュウゥ――ビュウ――あ-た-し-の――き-ん-の――う-で――とっ-た-の――だあれ？」（ここでぶるぶる震えないといけない)。

すると男はぶるぶる震え出しまして、「うわわわ、あわわわ!」と口走り、ランタンは風に吹き消されるわ、雪とみぞれが顔に吹きつけて息は詰まるわで、ほとんど死んだみたいになりまして、とことん怯《おび》えきって、膝《ひざ》まで雪に埋まりながら来た道を戻っていきましたが、じきにまた声が聞こえてきました――(間)声が追いかけてきたんです!――「ビュウゥ――ビュウ――あ-た-し-の――き-ん-の――う-で――とっ-た-の――だあれ?」

畑まで来ると、また聞こえます――さっきより近く、もっと近づいてきます!――闇《やみ》と嵐のなかを近づいてきます――(風と声をくり返すこと)。家にたどり着くと、男は二階へ駆け上がり、寝床に飛び込んで蒲団《ふとん》をかぶって頭と耳をすっぽり覆《おお》い、ぶるぶる震えておりました――すると、向こうの方からまた聞こえてきたんです!――もっと近づいてきます!　そのうちに今度は(間――怯えきって、耳を澄ます)ひた――ひた――ひた――階段をのぼってくる!　それから、掛け金を外す音が聞こえて、男にはわかります、そいつは部屋に入ってきたのです!

いくらも経《た》たないうちに、男にはわかります、そいつは枕もとに立っておるのです!(間)それから、男にはわかります、そいつが自分の方にかがみ込んできて――

男はもうろくに息もできません！　それから――それから――何か冷たいものが、頭のすぐそばに来ている気が！（間）

　やがて声が、すぐ耳もとで聞こえます――「あ-た-し-の――き-ん-の――う-で――と-っ-た-の――だあれ？」（ひどく悲しげな、責めるようなむせび声を上げること。それから、一番引き込まれている聞き手の顔をじいっと、重々しく見入って――若い女の子が望ましい――しんと静まり返ったなか、間によって恐怖の念が募っていくに任せる。しかるべき長さに達した時点で、その女の子めがけて突然飛び上がり、「お前だなあ！」と叫ぶ。

　間が正しくとれていれば、女の子はキャーッと可憐《かれん》な悲鳴を上げ、靴を置き去りにして宙に飛び上がるはずだ。だが間は絶対正しくとらないといけない。やってみると、これほど厄介で、煩《わずら》わしい、不確かなものもないことがわかるだろう。

（一八九五年十月）

夢の恋人

彼女に初めて出会ったとき私は十七歳で彼女は十五歳だった。それは夢の中のことだった。いや、出会ったのではない。私がうしろから彼女に追いついたのだ。そこは私が行ったことのない、そのときにもいたわけでは——夢の中で、ということを別とすれば——ないミズーリの村だった。生身の私は、大西洋沿岸、千マイルあまり離れた場所にいた。夢の常として、突然の、前触れもない出来事だった。私は木の橋を渡っていて、橋には木の手すりがあって、乾草《ほしくさ》の切れ端がそこらじゅうに散らかっていた。そして彼女は、私の五歩前にいた。半秒前には二人のどちらもそこにいなかった。ここは村の終わるところで、村は私たちのすぐうしろに広がっていた。最後の家は鍛《か》冶屋《じや》だった。金槌《かなづち》ののどかな響きが——それはほとんどいつも遠くから響いてくるように思える、つねに寂しい気分と、何をだかはわからないけれど何かをひっそり悔やむ思いとに彩《いろど》られている音だ——背後から耳元まで漂ってきた。私たちの前には田舎道が曲がりくねって伸び、片側は森、もう片方には柵《さく》があって、ブラックベリーの蔓《つる》やハシバミの枝が絡《から》みついていた。柵の上側の横板にルリツグミが一羽とまっていて、同じ板の上を、しっぽを羊飼いの杖《つえ》みたいに高く曲げたキツネリスがせかせかと鳥の方に向かっていた。柵の向こうに豊かな小麦畑が広がり、ずっと遠くで麦わら帽にシャツ姿の農夫が膝《ひざ》まで小麦に埋もれて歩いていた。ほかに生命を伝えるものは何ひとつない。何の音も聞こえない。いたるところ安息日の静けさに包まれていた。

私はそのすべてを覚えている。そして、その女の子のことも。彼女の歩き方を、着ていたものを。最初の瞬間、私は彼女の五歩うしろにいて、次の瞬間には彼女と並んでいた。歩み出もせず滑るように動きもせず、ただ単にそうなったのだ。移動は空間を無視していた。そのことに私も気がついたが、驚きはしなかった。まったく自然な成行きに思えた。

私は彼女と並んでいた。彼女の腰に腕を回して、その体を引き寄せた。私は彼女を愛していたのだ。私は彼女のことを知らなかったけれど、自分のふるまいがごく自然な、正しいものに思え、何の疑念もなかった。彼女も何ら驚き、動揺、不快を示さず、私の腰に腕を回し、嬉《うれ》しそうに迎える表情の顔を私の方に上げ、私がキスしようとかがみ込むと、待っていたかのようにそのキスを受けとめた。私がキスを差し出し彼女が受けとって愉《たの》しむ、それがごく自然なことに思えた。私が彼女に抱いた、そして彼女も明らかに私に抱いていた親愛の情は、ごく単純な事実であった。でもその質となると話は別だ。それは兄と妹の情愛ではなかった。それよりもっと親密で、もっと近しく、もっと愛《いと》しく、もっと敬意がこもっていた。それは恋人同士の情愛でもなかった。そこに炎のようなものはなかったからだ。その二つの情愛のあいだのどこかに位置する、どちらよりも繊細な、もっと美妙な、もっと深い満足を伴うものだった。こういう不思議な、優美な何かを、私たちはしばしば夢の愛の中で経験する。私たちはまた、子供のころの愛もそういうものとして記憶している。

二人でゆるゆると橋を渡り、道を歩いていきながら、ずっと前から友だちだったみたいにお喋《しゃべ》りに興じた。彼女は私をジョージと呼び、それは私の名前ではなかったけれど自然で正しいように思えた。私は彼女をアリスと呼び、明らかにそれは彼女の名前ではなかったけれど彼女も訂正はしなかった。起きることすべてが自然な、予想どおりのことに思えた。あるとき私が「可愛《かわい》らしい手だねえ！」と言うと、彼女は何も言わず喜んでその手を、私がじっくり眺められるよう私の手の中に収めた。私はまさにじっくり眺め、その小ささ、その華奢《きゃしゃ》な美しさ、サテンのようなその肌をたたえ、それからその手にキスした。彼女は何も言わずに手を自分の唇に持っていき、同じ場所にキスした。

半マイルばかり歩いて、カーブを曲がったあたりで、丸太小屋に出た。二人で中に入ると、テーブルがしつらえてあって、載っている何もかもが熱々の湯気を立てていた。七面鳥のロースト、トウモロコシ、ライマメ、その他型どおりのつけ合わせ。暖炉のそばの、座部が籐《とう》の椅子《いす》の上で猫が丸まっている。でも人はいなかった。空虚と、静寂があるだけ。ちょっと待って、隣の部屋を覗《のぞ》いてくるわ、と彼女は言った。そこで私が椅子に座ると、彼女はドアを抜けていき、ドアはかちっと音を立てて閉まった。私は長いこと待った。それから立ち上がって、そっちへ行ってみた。これ以上彼女の姿が見えないのが耐えられなかったのだ。ドアを抜けると、そこは奇妙なたぐいの墓地だった。無数の墓標や記念碑が、都市のごとく四方にはてしなく広がって、沈みゆく陽が投げかけるピンクと金色の光に染まっていた。私がうしろを向くと、丸太小屋はなくなっていた。私はあちこち駆けめぐり、墓のあいだの小径《こみち》も回ってアリスの名を呼んだが、じきに夜のとばりが降りて、もはや道もわからなくなってしまった。それから目が覚めた。私は激しい喪失感に包まれ、フィラデルフィアの自宅のベッドにいた。そして私はもう十七歳ではなく、十九歳だった。

十年後、別の夢の中で彼女を見つけた。私はふたたび十七歳、彼女も十五歳のままだった。私はミシシッピ州ナチズから何マイルか北に行ったモクレンの森の、黄昏《たそがれ》の深みの只中《ただなか》、草深い場所にいた。木々は大きな花を咲かせ、その豊かな、生き生きしたかぐわしさをあたりにみなぎらせていた。地面はこんもり盛り上がっていて、木々のあいだの切れ目を通して艶《つや》やかな川面《かわも》が遠くの方に見えた。私が草の上に座って物思いにふけっていると、一本の腕が私の首に巻きついてきて、アリスが隣に座って私の顔を覗き込んでいた。深い、満ち足りた幸福感と、言葉にしようのない感謝の念が胸の内に湧《わ》き上がったが、そこに驚きの思いはなく、時が過ぎたという感触もなかった。十年という時は昨日ほども遠くない気がした。実際、昨日の何分の一も遠くない。私たちはこの上なく静かに、情愛を込めてたがいに触れあい、撫《な》であい、離ればなれでいたことには一言も触れずお喋りに興じた。それは自然なことだった。時計や暦《こよみ》で測れるような隔たりがあったなんてことを、私たちは知らなかったと思うのだ。彼女は私をジャックと呼び、私は彼女をヘレンと呼んだ。それらは正しい、適切な名前に思えた。たぶん私たちのどちらも、自分たちがかつてほかの名を持っていたことがあるなんて考えもしなかっただろう。あるいは、考えたとしても、たぶんどうでもいいことだった。

十年前の彼女は美しかった。いまもまったく同じに美しかった。少女らしい若々しさ、可憐《かれん》であどけない姿は少しも変わらない。前は青い目で、髪はふわっとした金色だった。いまは黒髪で、目はダークブラウン。こうした違いに私は気づいていたが、彼女が変わったという気はしなかった。私にとって前とまったく同じ女の子だった。あの丸太小屋がどうなったのか、などと訊《き》こうとは思わなかった。そんなことを考えたかどうかも怪しいと思う。私たちは単純な、自然な、美しい世界に生きていたのだ。そこでは起きることすべてが自然で正しく、予想外の出来事やら驚きやらに調和を乱されもせず、だから説明の必要はいっさいなかったし、そういう興味が湧きもしなかった。

私たちは楽しい、愛しい時間を過ごした。私たちは二人の無知で満ち足りた子供のようだった。ヘレンは夏の帽子をかぶっていた。そしてじきにそれを脱いで、「これ、邪魔だったわよね。これでキスしやすくなったわ」と言った。それは私にはただのちょっとした思いやり、察しのよい叡智《えいち》に思えた。彼女がそう思いつき、実行するのは、しごく自然なことに思えた。私たちは歩きはじめ、森の中をさまよい、幅が三メートルもない澄んだ浅い小川に出た。彼女は言った。

「私、足を濡《ぬ》らしてはいけないの。運んでちょうだい」

私は彼女を両腕に抱え、私の帽子を持ってくれるよう彼女に渡した。これは私の足が濡れるのを防ぐ方策だった。こうすることでどうしてそういう効果が生じるのかは自分でもわからなかった。とにかくそうなのだと私にはわかったのであり、彼女にもわかっていた。私は小川を渡って、このあともずっと君を抱えていくよと言った。そうしているととても気持ちがよかったのだ。私も気持ちがいいわ、もっと早く思いつけばよかったわね、と彼女は言った。こうやってもっと楽しくやれたのに、ここまで二人とも歩いてしまったことが私にも残念に思えた。悔やむ思いで、私はそれを、もう二度と取り戻せぬ失われたものとして語った。彼女もこれに心を乱されていて、きっと何か取り戻す手立てがあるはずよ、考えてみるわと言った。そして少しのあいだじっくり考えてから、晴れやかで誇らしげな顔を上げ、わかったわと言った。

「もう一度向こう岸まで私を運んで、はじめからやり直してちょうだい」

これが何の解決にもなっていないことがいまの私にはわかるが、そのときは知性あふれる素晴らしい思いつきに思えたのであり、かような難問をこんなにすばやく、見事に解決できる頭脳の持ち主はこの世に二人といないと思えたのだ。私がそう言うと、彼女も喜んだ。こうなって嬉しいわ、あたしの有能ぶりあなたに見てもらえるものと彼女は言った。少し考えてから、「とても atreous だわ」と彼女は言い足した。なぜだかわからないが、その言葉が何かを意味しているように私には思われたのである。

それどころか、その一言がすべてを言い尽くしていて、付け加えることはもう何もない気がした。その言葉の的確さ、巧みさに私はつくづく感心し、それを生み出した素晴らしい頭脳に対する敬意が胸に満ちた。いまはそれほど感心していない。これは顕著な事実だが、夢の国で鋳造《ちゅうぞう》された知的通貨は、この現実世界においてより彼《か》の地においての方が通貨価値も高い。その後の年月、私の夢の恋人は黄金のごとき言葉を何度も発することになるが、朝食後に私がそれをノートに書き留めようとするたび、鉛筆で書いていくはしから崩れ去って灰と化したのである。

私は彼女を向こう岸まで連れ戻し、はじめからやり直した。午後のあいだずっと、彼女を両腕に抱えて何マイルも歩いた。その間私たちのどちらも、私のような若者がかくも愛らしい荷を半日抱えて少しの疲労も休息の必要も感じないのが非凡なことだとはついぞ思わなかった。夢の世界にもいろいろあるが、この夢の世界ほど正しく、合理的に、快適に作られた世界はほかにない。

日が暮れてから私たちは大きな農園の屋敷に着いた。そこが彼女の家だった。私は彼女を中に運び入れ、これまで会ったことはなかったけれど家族は私のことを知っていて私も彼らのことを知っていた。母親は私に、不安を隠せぬ様子で十二×十四はいくつかと訊《たず》ね、一三五ですと私が答えると、彼女はそれを紙切れに書きとめ、わたくしは自分の教育を完成させる上で大事な事柄は記憶に委ねないことにしているのですと言った。彼女の夫は私に椅子を勧めかけたが、ヘレンが眠っていることに気がついて、起こしてしまってはいけないと言い、私をそうっと洋服ダンスの方に押しやって、ここなら立っているのも楽でしょうと言った。やがて黒人が一人入ってきて、ソフト帽を手に恭《うやうや》しく一礼し、寸法をお採りいたしましょうかと私に訊ねた。その問いに私は驚かなかったが、戸惑い、不安にはなったので、どなたかに助言をいただきたいですと答えた。黒人は助言者たちを呼びにドアの方へ向かった。やがて黒人も家族も明かりも暗くなっていって、少しするとあたりは真《ま》っ暗闇《くらやみ》に包まれた。が、すぐさま月の光がさんさんと注ぎ、冷たい風がさあっと吹いて、気がつけば私は凍った湖を渡っていて、両腕には何も抱えていなかった。胸の内を流れていく悲しみの波に私は目を覚ました。私はサンフランシスコの新聞社で自分のデスクに向かっていて、時計を見ると二分も眠っていなかったことがわかった。そしてより重要なことに、私は二十九歳であった。

これが一八六四年のことである。翌年とその翌年の一度ずつ、私はわが夢の恋人を一目見かけたが、それだけだった。それぞれの日にちにきちんとノートに記してあるが、会話その他の細部は何も記されていない。つまりこれは、書き足すようなことは何もなかったということだと思う。どちらの場合も、突然彼女が現われ、私はそれが誰かを認めていそいそと近づいていったが、彼女はすぐにパッと消えてしまい、世界は空虚で無価値な場として残された。彼女の二度の姿を私はよく覚えている。実際、あの霊的存在のすべての姿を私は覚えている。ノートの助けなしでも、目の前に呼び出せる。私はどんな夢でも、記憶がまだ生々しいうちに書きとめる習慣がある。書いたものを吟味し、反芻《はんすう》して、夢の源が何なのかを考え、自分の中に棲《す》んでいる二人か三人のうち誰がその作者なのか見きわめようとする。この習慣のおかげで、夢をちゃんと記憶できる能力が私には身についている。これは案外珍しいことである。夢の記憶を鍛える人はそういないし、それをしないことには確かな記憶は保てないからだ。

　一八六六年、私はハワイ諸島に数か月滞在した。その年の十月、サンフランシスコで初めての講演を行なった。翌年の一月にニューヨークに着き、人生の三十一年目を終えた。この年、わが夢の恋人に再会した。この夢の中で、私はふたたびサンフランシスコのオペラハウスの舞台に立ち、いまにも講演をはじめようとしていた。目の前の聴衆は、強い光を浴びて一人ひとりその姿がくっきり浮かび上がっていた。いよいよ講演がはじまり、私は二言三言喋って、はたと口をつぐんだ。私は恐怖の寒気に包まれていた。というのも、自分には演題もなければ原稿もなく、話すことがまったくないことに気がついたのだ。しばし息を詰まらせてから、やっと一言二言喋った。ユーモアを狙《ねら》った、冴《さ》えない試みだった。聴衆は何の反応も示さない。みじめな間《ま》ののち、ふたたび試みて、ふたたび失敗した。失笑がパラパラ生じた以外、場内は静まり返って、みなニコリともせず厳《いか》めしい顔をして、ひどく気分を害している様子だった。私は己を恥じる気持ちで一杯だった。うろたえるあまり、私は聴衆の同情を買おうと企てた。卑屈に謝り、粗野で場違いなお世辞の文句を盛り込み、どうぞお許しくださいと嘆願した。だがこれはやり過ぎだった。人々は侮辱の言葉を叫び出し、口笛を吹き、奇声を上げ、野次を飛ばした。喧騒《けんそう》の中で彼らは席を立ち、ばたばたと我先《われさき》に出口へ向かっていった。私は呆然《ぼうぜん》と、なすすべもなく立ち尽くしてこの情景を眺めながら、きっと明日はみんなこの話で持ちきりだろうなあ、とてもじゃないが街を歩けやしないぞと考えていた。館内がすっかり空っぽになって静まり返ると、私は壇上にひとつだけ置かれた椅子に座り込み、朗読机に頭を載せて、場内の情景を目から締め出した。じきに、あの聞き慣れた夢の声が私の名前を口にし、苦悩を洗い流してくれた

――

「ロバート!」

私は答えた——

「アグネス!」

次の瞬間、私たち二人はハワイ諸島の、イアオ渓谷と呼ばれる花咲き乱れる谷をのんびりのぼっていた。何の説明を受けずとも、ロバートというのが私の名ではなくただの愛称、親愛の情を示す普通名詞であることを私は認識した。そして私たち二人とも、アグネスというのも名ではなく愛称であること、夢の言語以外では正確に伝えられない情愛の念を伝える普通名詞であることがわかっていた。「ディア」という語にほぼ相当するが、夢の言語は昼間の辞書よりも繊細で親密な意味を紡《つむ》ぎ出す。そういう言葉がなぜそういう意味になるのか、私たちにもわからなかった。私たちは既知のいかなる言語にも存在しない単語を用い、それで相手に理解してもらえるものと決めていて、事実理解してもらえた。私のノートには、この夢の恋人からの手紙が何通か、未知の言語で——おそらくは夢の言語なのだろう——書かれていて翻訳も添えてある。この言語を私もマスターしたいものだ。そうすれば私の話はもっとずっと簡潔になるだろう。たとえば一通の手紙は、これで全文である——

「Rax oha tal」

翻訳——この手紙を受けとったらあなたは、私があなたの顔を見たい、あなたの手に触れたいと願っていること、それがもたらしてくれる安らぎと慰めを求めていることを思い出してくれるでしょう。

その言語は目覚めているあいだの思いより速い。なぜなら、思いというものは言葉によって表現されるまでは思いなどでは全然なく、漠とした形なき霧にすぎないのだから。

おとぎの谷をはるか上までのぼっていきながら、私たちはショウガの美しい花を摘み、睦言《むつみごと》を口にしながら、たがいに相手のリボンやスカーフを必要もないのに結んだり結び直したりして、やがて木蔭《こかげ》に腰を下ろし、蔦《つた》の垂れ下がる断崖《だんがい》を目でのぼっていった。上へ上へ、はるか空へと上がっていく——白いスカーフのごとく漂う靄《もや》が、断崖を横に分断して伸び、緑の頂の向こうへ流れてゆく。はてしなく広がる空間をさまよう幽霊島のように、靄は淡く遠く漂い去っていく。それから私たちは地上に降りてきて、また話をした。

「何て静かなんでしょう——穏やかで、麗《うら》らかで、本当に気持ちがいい！　いくらいても飽きないわ。あなたもこれ好きでしょう、ロバート？」

「ああ、この一帯どこも好きだよ、どの島も全部好きだ。マウイ島。素敵な島だよ。僕、前にもここへ来たことがあるんだ。君は？」

「一度あるわ。でもそのころは島じゃなかった」

「何だったの？」

「sufa だったわ」

私は理解した。「大陸の一部」を意味する夢の言葉だ。

「人々はどんなだった？」

「まだ来てなかったわ。一人もいなかった」

「知ってるかいアグネス、あれはハレアカラ山だよ、谷間の向こうのあの山、死火山だよ。君の友だちの時代にもあそこにあった？」

「ええ、でも燃えていたわ」

「君、旅はずいぶんするの？」

「だと思うわ。ここではそんなにしないけど、銀河ではずいぶんするわ」

「そこって綺麗《きれい》？」

彼女は「いつかあなたも一緒に来ればわかるわ」という意味の、夢の言葉を二語口にした。いま思えば無難な受け流しでしかないが、そのときの私は気がつかなかったのだ。

グンカンドリが彼女の肩にとまった。私は片手をのばしてその鳥を捕まえた。鳥の羽が落ちはじめて、仔猫《こねこ》に変わった。やがて仔猫の体が縮んで球になり、毛深い長い脚が生えて、じきにタランチュラになった。放さず持っていようと思ったが、それがヒトデに変わったので捨ててしまった。物を持っていようとするのは無駄なことだわ、永く続きやしないもの、とアグネスは言った。石はどうだい、と私は言ってみたが、石もおんなじよ、とどまりやしないわ、と彼女は言った。そうして彼女が石ころを一個拾うと、それはコウモリに変わって飛び去っていった。こうした奇妙な物たちは私の興味を誘ったが、それだけだった。驚異の念を呼び起こしはしなかった。

イアオ渓谷に二人で座って話をしていると、カナカ人が一人やって来た。皺《しわ》だらけで背も曲がった白髪《しらが》頭のその老人は、立ちどまって現地語で私たちに話しかけてきた。私たちは何の苦もなく彼の言葉を理解し、彼の言語で答えを返した。自分は一三〇歳だと老人は言い、クック船長のこともよく覚えている、船長が殺された場にも居合わせてこの目で見たし実際手も貸したのだと言った。そうして老人は持っている銃を私たちに見せた。奇妙な作りの銃で、自分で作ったのだと彼は言い、火薬を込めるようになっているし撃鉄止めも付いているけれどこれで矢を飛ばすのだと言った。矢は百マイル飛ぶと彼は言った。それはまともな発言に思えた。私は何のあらも思いつかなかったし、少しも驚かなかった。老人が銃に火薬を込めて、矢を空高く飛ばすと、一気に舞い上がって見えなくなった。それから彼は、三十分後にあんたたちのそばに落ちてくるよ、そうして地中何メートルも入っていくよ、岩なんか無視してね、と言って去っていった。

私は時間を測った。私たちは二人とも木の根元の、苔《こけ》むした斜めの部分に寄りかかって、空をじっと見ながら待った。やがてひゅうっという音がして、続いて鈍い衝撃が生じ、アグネスがうめき声を漏らした。彼女は気を失いかけ、喘《あえ》ぎながら切れぎれに言った――

「私を抱えてちょうだい――矢が突き抜けていったの――あなたの胸に抱き寄せて――私、死ぬのが怖いわ――もっとぎゅっと――もっとぎゅっと。暗くなってきたわ――あなたが見えない。私を置いていかないで――あなたどこにいるの？　行ってしまったんじゃないわよね？　私を置いていかないわよね？　私、あなたを置いていったりしないわ」

そうして彼女の魂が出ていった。私の腕の中で彼女は土くれだった。

場面は一瞬にして変わり、私は目覚めていて、友人と二人でニューヨークのボンド・ストリートを渡っている最中で、雪がしんしんと降っていた。私たちはさっきから話をしていて、会話にそれとわかる切れ目は生じていなかった。眠っているあいだに私が二歩進んだかどうかも怪しいと思う。どんなに込み入った、出来事がたくさん詰まった夢でも、ほとんどの場合数秒の長さしかないと私は確信している。モハメッドの七十年に及ぶ夢が、コップを倒した瞬間にはじまって水がこぼれる前にそれを捕えるのに間に合うよう終わったという話も、私としては信じるにやぶさかでない。

十五分もしないうちに私は自宅に戻り、服を脱いで寝支度をして、ノートにさっきの夢を書きつけていた。と、瞠目《どうもく》すべきことが起きた。メモを書き終え、ガス暖房をいまにも消そうとしたところで、おそろしく大きなあくびが私の口をついて出た。もうひどく遅い時間で、私はひどく眠かったのである。私は眠りに落ち、またも夢を見た。以下の話は、眠っているあいだに起きたことである。ふたたび目が覚めると、あくびは一応終わっていたが、終わってから大して過ぎてはいなかったと思う。私は依然立っていたからだ。私はアテネにいた。そのころはまだアテネを見たことがなかったが、パルテノンは絵や写真で見ていたのでそれとわかった。ただしそのパルテノンはまだ新しいように見え、どこも壊れていなかった。私はその前を過ぎて、草深い小山をのぼって、宮殿のような屋敷に向かっていった。屋敷は赤いテラコッタ造りで、広々とした玄関柱廊《ポルチコ》があり、コリント式の柱頭がついた縦溝《たてみぞ》入りの円柱が並んで屋根を支えていた。時は真昼だったが、誰にも出会わなかった。屋敷の中に入っていき、目についた最初の部屋に足を踏み入れた。とても広くて明るい部屋で、壁はよく磨かれた、色合いも豊かな、筋模様の入った縞瑪瑙《しまめのう》で、床は落着いた色のタイルが敷かれて絵柄を作っていた。家具の装飾品の細部に私は目をとめて――目覚めているときはまずやらないことである――それらの細部は鮮明な印象を残し記憶の中に定着した。印象はいまだすっかり薄れてはおらず、しかもこれは三十年以上前のことである。

そこに人が一人いた。アグネスだ。私は彼女を見ても驚かず、ひたすら嬉しかった。彼女は素朴なギリシャの衣裳《いしょう》に身を包み、髪も目も三十分前にハワイ諸島で死んだときと色が違っていたが、私にとって彼女はいままでずっと知ってきた美しい少女であり、いまも十五歳で、私ももう一度十七歳になっていた。彼女は象牙《ぞうげ》の長椅子に座って何か編み物をしていて、膝に載せた浅い柳細工のかごに刺繡糸《ししゅういと》が入っていた。私は彼女のそばに座り、私たちはいつものようにお喋りをはじめた。私は彼女の死を覚えていたが、あのときあんなに烈《はげ》しくやるせなかった痛み、悲しみ、恨めしさは、いまではもうすっかり私の中から抜け出ていて、何の傷跡も残していなかった。彼女が戻ってきたことを私は有難く思ったが、彼女がいなくなっていたという感覚がそもそもなかったから、それについて話す気にはならなかったし、彼女自身も話題にしなかった。あるいはもうこれまで何度も死んでいて、それが長続きするものでなく、わざわざ話の種にするほどのことではないとわかっていたのだろうか。

その家と調度品のことを考えると、私たちの中に棲んでいる夢の芸術家が、趣味、デッサン、色、配置すべてにおいていかに名匠であるかがわかる。目覚めていて、私の中の劣った芸術家が取り仕切っているあいだは、私は鉛筆を握ってもごく簡単な絵一枚描けないし、絵筆と絵具を持たされたところでやはり何もできない。知っている建物を頭の中で詳しく思い浮かべようとしても、自宅以外は何も浮かんでこない。セントポール大聖堂、サンピエトロ大聖堂、エッフェル塔、タージマハル、ワシントンの議事堂も、部分部分の、たまたま目に残った細部を再現することしかできない。ナイアガラの滝、マッターホルンなど有名な自然の名勝もしかり。知っている人間の顔や姿もいっこうに思い出せない。朝食の席で自分の家族を目にしてからまだ二時間も経《た》っていないのに、彼らの姿すら復元できないし、彼らがどういうふうに見えるのかもわからない。こうして書いているいま、目の前の庭には若木の木立が見える。それらよりずっと高く、ほっそりとした槍《やり》のごとく、若い松の木が一本伸びていて、さらに向こうには鈍い白の煙突の上半分が見え、茶色っぽい赤のタイルを貼《は》ったA字型の小さな屋根がそのてっぺんに載っている。半マイル先には、鬱蒼《うっそう》と森深い丘の頂があ

ているように、草に覆《おお》われた滑らかな斜面が幅広の弧を描いて広がっている。が、目を閉じたらもうその全体を再現することは私にはまったくできないし、草に覆《おお》われた弧以外はひとつの細部も浮かんでこず、その弧だって束《つか》の間《ま》ぼうっと浮かぶにすぎないのだ。

けれどもわが夢の芸術家は、何だって描けるし、完璧《かんぺき》に描ける。あらゆる色や陰影を使いこなし、繊細さ、正確さも申し分ない。私の眼前に、宮殿、都市、村落、あばら屋、山、谷間、湖、空、それらが陽光もしくは月光を浴びて輝く情景、あるいは吹雪《ふぶき》か横殴りの雨に包まれた情景を彼は生々しく見せてくれるし、いかにも活《い》きいきした人々を——いろんなことを感じ、感じたことを顔に表わし、喋りもすれば笑いもし歌ったり悪態をついたりもする人々を——私の目の前に据えてくれる。そして目覚めても、目を閉じればそれらの人々や風景や建物を私は呼び戻せるし、それも漠然と全体をではなく往々にして細部まで再現できるのだ。その壮麗なアテネの屋敷でアグネスと私が話していると、堂々としたギリシャ人が何人か、家の別のところからやって来て、何かをめぐって熱っぽく議論しながら、私たちに礼儀正しく目礼して通り過ぎていった。その人たちの中にソクラテスがいた。鼻の形で彼だとわかった。次の瞬間、屋敷もアグネスもアテネも消え去り、私はふたたびニューヨークの自室にいてノートを取ろうと手を伸ばしていた。

私たちは夢の中で——そうだと私にはわかる！——行なっているように思える旅を事実行なっている。見ているように思えるものを事実見ている。人間、馬、猫、犬、鳥、鯨、みんな現実であって妄想ではない。それらは生きた霊であって影ではない。そしてそれらは不死であり不滅である。それらはどこへでも意のままに行く。あらゆる行楽地を訪れ、観光名所を訪ね、荒漠たる宇宙をさまようきらめく無数の太陽にまで出かけていく。私たちが歩いているさなかにも足下から滑り落ちていく不思議な山はそこにあるのだ。迷路のように私たちを惑わす道が背後で閉じ前方でも閉じ私たちが迷子となり閉じ込められてしまうあの広大な洞窟《どうくつ》もそこにあるのだ。そうだとわかるのは、ここにはそんなものはないからだ。ならばあちらにあるにちがいない、なぜならほかに場所はないのだから。

この物語はもう十分長い。そろそろ締めくくろう。わが夢の恋人を知ってきた四十四年のあいだ、私は平均して二年に一回彼女のことを目にしてきた。たいていはチラッと一目見ただけだが、いつもやたらと姿を変えていて髪と目に怪しげな改良を加えてはいてもかならずすぐ彼女だとわかった。彼女はつねに十五歳で、いかにも十五歳に見え、十五歳らしくふるまった。私はつねに十七歳で、それより一日たりとも老いている気はしなかった。私にとって彼女は実在の人物であり、虚構ではない。優しく無垢《むく》な彼女と過ごす一時《ひととき》は、私の人生の中でもとりわけ心地よい、愉しい経験である。他人には彼女の話は最高に知的だとは思えないだろうと私も承知している。だが、彼女が夢の国で話すのを聞いてほしい——そうすればわかるはずだ！

つい先週も、一瞬だけ彼女を見た。いつものとおり十五歳で、私は——眠りに落ちたときは六十三にならんとしていたが——十七歳だった。私たちはインドにいて、ボンベイが見えていた。それにウィンザー城も見えて、その塔や胸壁が優美な靄に包まれ、その靄の中からテムズ川が、草の茂る土手にはさまれてくねくねと流れ、私たちの足下まで達していた。私は言った。

「間違いない、イギリスは世界で一番美しい国だね」

彼女の顔も賛同して輝き、あのいつもの優しい、ひたむきな見当違いぶりでこう言った。

「そうよね、それはイギリスがとびきりの辺境だからだわ」

そうして彼女は消えた。それでよかったのだろう。その完璧な、すべてを捉《とら》えた発言に何をつけ足したところで、その均整を壊してしまっただろうから。

こうして彼女を一目見たことで、私はマウイに、彼女の若き命が絶えるのを見たあのときあの場に連れ戻される。あのとき、あれは私にとって恐ろしい出来事だった。異様な生々しさを帯び、その痛み、悲しみ、惨《みじ》めさは、目覚めた人生でこれまで味わってきた多くの苦しみを超えるものだった。なぜなら夢の中ではすべてがより深く、強く、鮮やかで、リアルだからだ。この漠たる、色も冴えない人工的な世界にあって、人工的な自分を身にまとい目覚めてうろうろしている私たちの全然リアルでない人生など、その弱々しい模倣にすぎない。私たちが死ぬとき、この安手の知性を私たちはおそらく脱ぎ捨て、本当の自分をまとって夢の国へと旅立つのだろう。そして私たちは、ここでは私たちの僕《しもべ》ではなく客人にすぎぬ、神秘なる精神の魔術師を支配することで、力と富を我がものにするのだ。

（一八九八年）

訳者解説

柴田元幸

兄の印刷所で働いたり、蒸気船のパイロットを務めたり、南北戦争に足を突っ込んだり、ゴールドラッシュに湧く西部で空しく時を過ごしたりした末に、マーク・トウェインは滑稽を身上とするジャーナリストとして身を立てるに至った。ユーモアは生涯彼の最大の強みであった。そのユーモアに、みずみずしい少年の声が加わり、奴隷制の非道を見据える倫理的な目が加わって、傑作『ハックルベリー・フィンの冒険』(一八八四)が生まれた。

本書は、マーク・トウェインが生涯にわたって、独立した記事・作品として発表した文章のなかから、訳者にとってトウェインのよさがもっともよく出ていると思われるものを集めた。その結果、他の傑作選ではたいてい選ばれている、構成の比較的しっかりした短篇小説が「落選」し、新聞や雑誌に掲載されたほら話、与太話のたぐいが多く集まることになった。これはべつに奇を衒《てら》ったわけではない。訳者にとってはこれが最良のマーク・トウェインなのである。ほかの訳者・研究者にとっては、また違う最良のマーク・トウェインがそれぞれ存在するにちがいない。

マーク・トウェインは一八三五年十一月三十日にミズーリ州フロリダで生まれ、主として同州ハンニバルで育ち、前述のとおり印刷工などの職を経たのち、一八六二年、ネヴァダ州の『テリトリアル・エンタプライズ』の記者となったあたりから本格的にジャーナリストとして活動するようになった。ジャーナリストといっても、正確な報道が売りの報道人などでは決してなく、いかに面白可笑しく語るかに賭けるタイプのジャーナリストだった。彼が自分を一人の文学者として見るようになるのはずっとあとのことだし、そうやって文学者意識が芽生えてからも、既存の文学の作法に従うようになったわけではまったくなく、むしろヨーロッパ的な文学臭を極力排して、日常語を駆使し日常語の背後にある民主的精神をたたえる、新しいアメリカ的な文学を彼は創造したのである。

ここに収めた十三の小品は、そうした彼の書く文章が元から持っていたアナーキーな力を十分に再現し、かつ、その文学世界が次第に広がっていった様子をある程度伝えることを目標に選んだ。以下、それぞれの収録作についてバックグラウンドを紹介しておく。

石化人間（Petrified Man）

一八六二年十月四日、「マーク・トウェイン」の筆名を使いはじめる以前、本名の「サミュエル・クレメンズ」の名で前述の『テリトリアル・エンタプライズ』紙に掲載された。トウェイン自身がのちに述懐したところによれば、当時、「石化物」をはじめとする自然の驚異の発見譚が流行していて、その過熱ぶりを茶化すためと、ハンボルト・カウンティの判事スーアル（本文では「ハンボルト・シティの判事スーエルだかソーエルだか」となっている）をからかうためにこの文章は書かれた。石化した人物の採っている「あっかんべえ」のポーズから見て悪ふざけのデッチ上げであることは明白だが、トウェインによれば当時本気にした人は多く、イギリスの医学雑誌『ランセット』にも採り上げられたと本人は称している。が、実のところ『ランセット』にそのような記述は見あたらない。

風邪を治すには（How to Cure a Cold）

一八六三年九月八日にサンフランシスコに到着したのちに書きはじめられ、同月二十日にはもう『ゴールデン・エラ』紙に掲載された。カリフォルニア大学出版局から出ている全集の注釈によれば、これを書いた一か月以上前からトウェインは本当にひどい鼻風邪と気管支炎に悩まされていたという。後半、女性への恨み言が唐突に出てくるあたりが面白い。トウェイン自身、初期作品のなかでは気に入っていたようで、何度か書き直し・再録を行なっている。また日本では、社会主義者の堺利彦が「風邪治療法」の題で大正三年（一九一四年）にいち早く翻訳している。

スミス対ジョーンズ事件の証拠（The Evidence in the Case of Smith vs. Jones）一八六四年六月二十六日、やはり『ゴールデン・エラ』紙に掲載された。トウェインはその後、『トム・ソーヤーの冒険』『阿呆たれウィルソンの悲劇』などの重要作品のクライマックスにおいて法廷を舞台に用いることになるが、このように誰もがまるっきり無茶苦茶な証言を行なうドタバタ法廷劇もまた彼の真骨頂である。ただし、この当時のトウェインが馬鹿話に「専念」していたような印象を与えてもいけないので言い添えておくと、六四年の六月から十月にかけてトウェインは『サンフランシスコ・モーニング・コール』紙の記者として、裁判のみならず地元政治や街の事件一般なども匿名で報じており、裁判報告にしても、この「スミス対ジョーンズ」同様滑稽なものもある反面、案外真面目に不正を糾弾した記事もある。実際、人種差別、社会的不正、警察の堕落などを率直に報じたトウェインの記事は、保守的な編集長によって書き直されたり没《ぼつ》にされたりもしたという。

ジム・スマイリーの跳び蛙（Jim Smiley and His Jumping Frog）

先輩ユーモア作家アーティマス・ウォードから受けた、出版計画中の本に寄稿してほしいという要請に応えて、一八六五年十月に書かれた。この作品の外枠部分がウォードに対する手紙という形を成しているのは、そのような事情による。ところが、この執筆には時間がかかりすぎ、トウェインが原稿を送った時点ではウォードの本はすでに印刷に入っていた。そして、おそらくは幸いと言うべきなのだろう、この作品は結局十一月十八日、ニューヨークの『サタデー・プレス』紙に掲載され、これが評判を呼んで各紙に再録されて、マーク・トウェインの名は一気に東部にまで広まり、小説自体もアメリカ短篇史上に確固たる位置を得ることになる。

それほどまでに反響を呼んだ理由を、この小説の内容の高尚さに求めてもはじまらない。実際、賭け好きの男が自分の蛙を使って賭けに負けるというあらすじ自体は、トウェインが一八六五年初頭に出会ったベン・クーンという老人から聞いたものである。作品の魅力は、圧倒的にその語り口、声にある。拙《つたな》い翻訳で、それがどこまで伝わるかは心許《こころもと》ないが……。

ちなみにトウェインはのち、この作品の仏訳をからかう文章を発表している（仏訳は一八七二年、トウェインの文章は七五年）。原作と、仏訳を並べた上で、仏訳を英語に戻すと称し、超々逐語訳の滅茶苦茶な翻訳を載せているのである。

さらに、「跳び蛙」刊行後三十年近く経って発表した文章では、「跳び蛙」と同じ物語が古代ギリシャですでに語られていたとトウェインは書いている。その証拠に、誰かが彼に、まさに「跳び蛙」と同じ話をギリシャ語で（もっとずっと簡潔に）綴った物語を載せたギリシャ語学習書を送ってきたというのである。だが、この文章の発表後に判明したところによれば、その学習書の著者は単に、トウェインの物語を元にして簡約ギリシャ語版を作ったのであった。

ワシントン将軍の黒人従者（General Washington's Negro Body-Servant）

この物語は明らかに、十九世紀アメリカ最大の興行師P・T・バーナムの有名な演《だ》し物を踏まえている。トウェインが生まれた一八三五年、バーナムは、ジョイス・ヘスなる老いた黒人女性を、ジョージ・ワシントン（一七三二—九九）の乳母であった一六一歳の女性と称して見世物にし、大当たりをとったのである。バーナムは本書に収めた「盗まれた白い象」にも顔を出す。「ワシントン将軍の黒人従者」は『ギャラクシー』誌一八六八年二月号に発表された。

私の農業新聞作り（How I Edited an Agricultural Paper Once）

『ギャラクシー』誌一八七〇年七月号に掲載。これも初期トウェイン与太話の典型であるが、新潮文庫旧版の『マーク・トウェイン短編集』をはじめ、かねてよりさまざまなトウェイン作品集に収められており、「ジム・スマイリーの跳び蛙」ほどではないにせよ、評価は以前から比較的高いようである。当方としても、旧版『マーク・トウェイン短編集』との差異化は図りたかったが、この（「傑作」というより）「ケッサク」はさすがに入れないわけに行かなかった。

経済学（Political Economy）

『ギャラクシー』誌一八七〇年九月号に、「私の農業新聞作り」同様「メモランダ」と題した連載の一篇として刊行された。この「メモランダ」連載開始時、経済学に関する論文もたっぷり掲載する、とトウェインは述べている。「経済学」と称したものの要するに避雷針のセールスマンにいいようにあしらわれる阿呆の話をいずれ載せる伏線を、ここからすでに張っていたわけである。ちなみにハーマン・メルヴィルにも怪しげな避雷針売りが出てくる「避雷針男」(The Lightning-Rod Man)という短篇がある。避雷針セールスマンはいかがわしいものと相場が決まっていたのだろうか。

本当の話——一語一句聞いたとおり (A True Story, Repeated Word for Word as I Heard It)

お読みいただくとわかるとおり、「マーク・トウェイン与太話集」という副々題をつけてもよさそうなこの選集にあって、この一本は明らかに毛色が違う。ジャーナリスティックな文章では比較的ストレートに社会の不正を糾弾することもあったトウェインだが、小説でここまでシリアスな内容を書いたのはこれが初めてだろう。タイトルのとおり、トウェインの親戚の料理人だった元奴隷のメアリ・アン・コードから聞いた話を素材に、アメリカの黒人が置かれた過酷な立場から目をそらさず、個人としての黒人に、真正な「声」を通して威厳を与えた作品である。この作品が、やがて文学界の大御所となるウィリアム・ディーン・ハウエルズの編集していた『アトランティック・マンスリー』(一八七四年十一月号)に掲載されたことも象徴的である。『ギャラクシー』は人気雑誌だったが『アトランティック・マンスリー』は文学的権威であった。その権威的雑誌に、文学的コメディアンと自他ともに認めていたトウェインの作品が載ったのは、ちょっとした事件であった（余談だが、学生のころ、筒井康隆の作品が岩波系の雑誌に載るようになったとき、トウェインと『アトランティック』のことを思い浮かべたものである）。

トウェイン自身、いままでとはまったく違ったものを書いたことははっきり意識していて、はじめは、文学的コメディアンのイメージが染みついた筆名「マーク・トウェイン」ではなく、本名の「サミュエル・クレメンズ」を作者名としたらどうか、と『アトランティック』に持ちかけたという。

筆者自身は、与太話系と、こうしたシリアス系のどちらを採るかと言われたら迷わず与太話系を採るが（そもそも数が違う）、この「本当の話」に、新しい次元に作家が達したときに放つ光のようなものがあることもまた確かであり（特に最後の一言の力！）、迷わずこの選集に入れた。

盗まれた白い象（The Stolen White Elephant）

これは最初から単行本掲載で、一八八二年、『盗まれた白い象その他』に巻頭・表題作として収録された。『阿呆たれウィルソン』では当時まだ新しい発見だった指紋を使って探偵小説的な要素を取り込んでいたりもするものの、マーク・トウェインは探偵小説を――おそらくはそれが示唆する全知の幻想を――あまり評価していなかった。一八九六年のノートブックには、「『モルグ街の殺人』を除いて、作者が恥じる必要のない推理小説がかつてあっただろうか？」と記している。ブラント警視を「ヒーロー」とするこの小説も、当然のごとく推理小説の辛辣なパロディとなっている。現実に起きた、（人間の）死体泥棒と、それを探し出そうとするニューヨーク警察の馬鹿馬鹿しい企てを踏まえているというが、「それがどうした」と言いたくなるくらい阿呆らしい内容である。もっとも、にもかかわらずこの作品に読み応えがあるのは、批判の対象が推理小説にとどまらないからだろう。現代作家ウォルター・モズリーは、この作品が当時まだ比較的新しいテクノロジーだった電報を多用している点に触れて、こう述べている。「トウェインは電報を通して、科学が我々を愚行から解放したわけではないことを示している。法権力が、誤るという以上に腐敗したものでありうること、権力がいまだ我々をその制服に囚われた身にしていることを彼は示している」

失敗に終わった行軍の個人史（The Private History of a Campaign that Failed）

『センチュリー・マガジン』一八八五年十二月号に掲載された。当時『センチュリー』誌は「南北戦争の戦闘と指導者」という企画をやっていて、トウェインは二十四年前の、南北戦争にほんの少し足を突っ込んだときの体験を元に、およそ企画の趣旨をひっくり返すような（何しろ「戦闘」は犬との戦闘であり、「指導者」は兄《あん》ちゃんなのだ）——そしてもちろん兵士も——戦争のことなんか何も知らないそこらへんの兄ちゃんなのだ）文章を書いたわけである。実にいい加減な「兵士」たちのふるまいが描かれているが、それが優秀な戦争マシンたる「本物」の兵士よりよほど人間的に感じられることも事実である。そのためこの作品は、ベトナム戦争の時代に大いに人気が上がった。最後でグラント将軍だけ妙に神格化されているのは、トウェインが当時、自分が経営する出版社からグラント将軍の自伝を出版しようとしていたからだと考えられる（このへんのいい加減さも悪くない）。自伝はこの作品と同じく一八八五年十二月に刊行されて大変なベストセラーとなり、トウェインは翌年二月、刊行を前に困窮のなかで死んだグラント将軍の未亡人に二十万ドル以上の小切手を渡すことができた。

フェニモア・クーパーの文学的犯罪（Fenimore Cooper's Literary Offenses）
　自分の文学的先達のなかで、ウォルター・スコット（一七七一—一八三二、スコットランド）とジェームズ・フェニモア・クーパー（一七八九—一八五一、アメリカ）

をマーク・トウェインは本気で嫌っていた。（まだ当時はそういう呼び方はなかったが）リアリズム文学の立場から世界をありのままに描こうとするトウェインにとって、ロマンスの美辞麗句で世界を包もうとするこれらの人気作家の姿勢は――かつては貪《むさぼ》るように読んだにせよ、あるいは読んだからこそ――文学的に耐え難いものだった。十九世紀前半のアメリカ南部で非常に人気のあったスコットに関しては、スコット流のロマンチシズム（「サー・ウォルター病」）が南部の進歩を遅らせ、ひいては南北戦争の原因になったのではないか、とすら述べている。

同国人クーパーに対するこの文学的攻撃は、一八九五年七月、『ノースアメリカン・レビュー』に掲載された。それでもまだ言い足りなかったか、その続篇まで書いたが、これは未完に終わり、死後の一九四六年、「フェニモア・クーパーのさらなる文学的犯罪」として出版された。

トウェインのリアリズム創作哲学を知る上でも興味深い文章だが、執拗なクーパー批判がどこまでフェアかというと、これはけっこう怪しい。とはいえ、その誇張・歪曲に目くじらを立てるよりも、むしろ、文学的エッセイさえもホラ話に仕立ててしまう力量に感心すべきだろう。亀井俊介の言うとおり、「これは文学的主張の作品ではあるが、入念な滑稽さを含むエッセイに仕上がっているのである」。

物語の語り方（How to Tell a Story）

一八九四年二月八日にニューヨークで書かれ、『ユースズ・コンパニオン』誌九五年十月三日号に掲載された。中身で勝負するコミックな物語（イギリス流）やウィッティな物語（フランス流）ではなく、アメリカ流の、語り口で勝負するユーモラスな物語を臆面もなく称揚している。細部を緻密に選び抜くことを説いたりはせず、ユーモラスな物語は「好きなだけあちこちさまよい、特にどこにもたどり着かなくても構わない」と説くあたりが新鮮であり、コミック、ウィッティな物語は「誰でも語れる」と一蹴《いっしゅう》するあたりは「そこまで言うか」と思わされるが、これも「フェニモア・クーパーの文学的犯罪」同様、物語論がそのまま一種のホラ話になっていると考えるべきだろう。

夢の恋人（My Platonic Sweetheart）

一八九八年に書かれて、（もう当時は押しも押されもしない文豪だったにもかかわらず）三社から掲載を断られ、死後の一九一二年に『ハーパーズ・マンスリー』に発表された、トウェインのなかでもいささか風変わりなこの作品を、本選集の最後に入れるのはやや迷うところではあったが、「ホラ話のうまい新たなトウェイン像」があまり固まってしまうのもよくないと考え、それを覆《くつがえ》すコーダとして、むしろ積極的に入れることにした。ほとんど神秘主義的なまでにロマンチック、とまとめてしまうわけにも行かない、妙に切羽詰まった、かつどこか不気味な夢ばなしである。晩年のトウェインには、ほかにも夢を扱った未完の文章がいくつかあり、夢とその神秘的要素が大きな関心事だったことは間違いない。

以上の紹介文を作成するにあたっては、*The Oxford Companion to Mark Twain* (Oxford UP), *The Mark Twain Encyclopedia* (Garland Publishing), 亀井俊介『マーク・トウェインの世界』(南雲堂)、および『マーク・トウェイン文学／文化事典』(彩流社)にとりわけ助けられた。これらの書物の著者・編者の方々にお礼を申し上げる。

なお、作品を選ぶにあたっては、長篇からの抜粋等は避け、現在アメリカでももっとも信頼できる古典文庫シリーズ The Library of America から刊行されている Mark Twain, *Collected Tales, Sketches, Speeches, & Essays, 1852-1890* と *Collected Tales, Sketches, Speeches, & Essays, 1891-1910* に収録された作品から選び、翻訳

する上でもこの版をテクストとした。

新潮社出版部に勤務なさっていた鈴木力さんから依頼をいただいた本書は、その後北本壮さん、寺島哲也さんに支えられて刊行に漕ぎつけることができた。また大半の翻訳は『新潮』に掲載されたものであり、その際には松村正樹さんにお世話になった（「ジム・スマイリーの跳び蛙」「フェニモア・クーパーの文学的犯罪」は『モンキービジネス』に掲載し、「石化人間」「盗まれた白い象」「失敗に終わった行軍の個人史」は本書のために新たに訳した）。また、マーク・トウェインの専門家である大東文化大学の中垣恒太郎さんには、企画段階からいろいろ相談に載っていただいた。この場を借りて、皆さんにお礼を申し上げます。

マーク・トウェインは亡くなってからすでに百年以上が過ぎた作家である。けれども、その文章のイキのよさ、みずみずしさ、その歓喜と怒りと哀しみは、いまだとことん生々しい作家だと思う。トウェインの生きた声を、多くの方が聴きとってくださいますように。


（平成二十六年七月　米文学者・翻訳家）

Author : Mark Twain

ジム・スマイリーの跳《と》び蛙《がえる》
―マーク・トウェイン傑作選―

新潮文庫　ト－4－4

Published 2014 in Japan
by Shinchosha Company

平成二十六年 九月 一日 発行

訳者　柴《しば》田《た》元《もと》幸《ゆき》

発行者　佐藤隆信

発行所　株式会社 新潮社
郵便番号 一六二―八七一一
東京都新宿区矢来町七一
電話 編集部(〇三)三二六六―五四四〇
読者係(〇三)三二六六―五一一一
http://www.shinchosha.co.jp

価格はカバーに表示してあります。

乱丁・落丁本は、ご面倒ですが小社読者係宛ご送付
ください。送料小社負担にてお取替えいたします。

印刷・大日本印刷株式会社　製本・株式会社大進堂

ISBN978-4-10-210612-9 C0197